COULE LA SEINE

FRED VARGAS

COULE LA SEINE

**Illustrations de
BAUDOIN**

VIVIANE HAMY

AVERTISSEMENT DE L'ÉDITEUR

Les nouvelles qui composent *Coule La Seine*
ont été écrites à des dates différentes
et ont déjà paru dans les publications suivantes :

Salut et liberté, in : journal *Le Monde*, 1997
La Nuit des brutes, *in* : *Contes noirs de fin de siècle,*
éd. Fleuve noir, 1999
Cinq francs pièce, *in* : *Des mots pour la vie,*
Le Secours populaire français, éd. Pocket, 2000

Les illustrations de Baudoin sont inédites
et ont été réalisées spécifiquement pour ce volume.

SALUT ET LIBERTÉ

Posté sur un banc public, face au commissariat du 5ᵉ arrondissement de Paris, le vieux Vasco crachait des noyaux d'olive. Cinq points s'il touchait le pied du réverbère. Il guettait l'apparition d'un grand flic blond au corps mou qui, chaque matin, sortait vers neuf heures et demie et déposait une pièce sur le banc, l'air maussade. En ce moment, le vieux, tailleur de profession, était vraiment fauché. Ainsi qu'il l'exposait à qui voulait, le siècle avait sonné le glas des virtuoses de l'aiguille. Le sur-mesure agonisait.

Le noyau passa à deux centimètres du pied métallique. Vasco soupira et avala quelques gorgées au goulot d'un litre de bière. Le mois de juillet était chaud et, dès neuf heures, il faisait soif, sans même parler des olives.

Depuis plus de trois semaines que le vieux Vasco était installé sur ce banc, matin après matin sauf le dimanche, il avait fini par repérer pas mal de têtes dans ce commissariat. C'était un bon divertissement, bien meilleur que prévu, et c'est fou comme ces gens-là remuaient. Pour quoi faire, on se le demande. Toujours est-il que, du matin au soir, ils s'agitaient, chacun à leur façon. À l'exception du petit brun, le commissaire, qui se déplaçait toujours très lentement comme s'il était sous l'eau. Il sortait pour marcher plusieurs fois par jour. Le vieux Vasco lui disait trois mots et le regardait s'éloigner dans la rue, porté par un léger tangage, les mains enfoncées dans les poches d'un pantalon chiffonné. Ce type-là ne repassait pas ses vêtements.

Le grand flic blond descendit les marches du perron vers dix heures, un doigt pressé sur le front. Il avait traîné ce matin, soit qu'il eût mal au crâne, soit qu'une grosse affaire fût tombée sur le commissariat. Cela pouvait arriver, somme toute, à force de remuer comme ça. Vasco l'appela avec de grands signes en montrant sa cigarette éteinte. Mais le lieutenant Adrien Danglard n'avait pas l'air pressé de traverser pour lui donner du feu. Il regardait fixement, près du banc, un grand portemanteau en bois sur lequel était suspendu un veston crasseux.

— C'est ce truc qui te chiffonne, frère ? demanda le vieux Vasco en montrant le portemanteau.

— Qu'est-ce que c'est que cette merde que tu as installée dans la rue ? cria Danglard en traversant.

— Pour ta gouverne, cette merde s'appelle un valet, et ça sert à suspendre son costume sans le froisser. On t'a appris quoi, dans la police ? Tu vois, tu mets le pantalon sur cette barre et, ici, tu déposes délicatement la veste.

— Et tu as l'intention de laisser ça sur le trottoir ?

— Non, monsieur. Je l'ai trouvé hier aux poubelles de la rue de la Grande-Chaumière. Je l'emporterai chez moi tout à l'heure et je le rapporterai demain. Et ainsi de suite.

— Et ainsi de suite ? cria Danglard. Mais pour quoi faire, bon Dieu ?

— Pour suspendre mon costume. Pour faire la conversation.

— Et tu as besoin de suspendre en pleine rue ?

Danglard jeta un regard à la veste élimée du vieil homme.

— Et alors ? dit le vieux. Je suis dans une mauvaise passe. Cette veste vient d'un des meilleurs faiseurs de Londres. Tu veux voir l'étiquette ?

— Tu me l'as déjà montrée, ton étiquette.

— Un des meilleurs faiseurs, je te dis. Avec un beau coupon, tu verras la doublure que je lui taillerai. Tu me supplieras pour l'avoir, mon costume anglais. Parce que toi, ça se voit que tu aimes les habits. T'es un homme de goût.

— Tu ne peux pas laisser ce truc ici. C'est interdit.

— Ça ne dérange personne. Commence pas à faire le flic, je n'aime pas qu'on me réprime.

Le lieutenant, lui, n'aimait pas qu'on le bouscule. Et il avait mal au crâne.

— Tu vas me virer ton valet, dit-il fermement.

— Non. C'est mon bien. C'est ma dignité. On ne peut pas retirer ça à un homme.

— Va te faire foutre ! dit Danglard en tournant le dos.

Le vieux se gratta la tête en le regardant s'éloigner. Il n'y aurait pas de pièce ce matin. Jeter son valet ? Une trouvaille pareille ? Pas question. Ça tenait son veston bien droit. Et, surtout, ça tenait compagnie. C'est vrai, il s'emmerdait à crever, lui, sur ce banc, tous les jours. Le flic blond n'avait pas l'air de vouloir comprendre ces choses-là.

Vasco haussa les épaules, sortit un bouquin de sa poche et se mit à lire. Inutile d'attendre le passage du petit commissaire brun. Il était arrivé à l'aube, comme d'habitude. On pouvait voir son ombre passer devant la fenêtre de son bureau. Celui-là marchait beaucoup, souriait souvent, parlait volontiers, mais n'avait pas l'air d'avoir beaucoup d'argent en poche.

Danglard entra dans le bureau du commissaire Adamsberg avec deux cachets dans la main. Adamsberg savait qu'il cherchait de l'eau et lui tendit une bouteille sans vraiment le regarder. Il tournait une feuille de papier entre ses doigts, en se faisant du vent. Danglard connaissait assez le commissaire pour comprendre, à la variation d'intensité de son visage, que quelque chose d'intéressant s'était produit ce matin. Mais il se méfiait. Adamsberg et lui avaient des conceptions très éloignées de ce qu'on appelle un « truc intéressant ». Ainsi, le commissaire trouvait assez intéressant de ne rien faire, alors que Danglard trouvait cela mortellement paniquant. Le lieutenant jeta un coup d'œil soupçonneux à la feuille de papier blanc qui voletait entre les mains d'Adamsberg. Il avala ses cachets, grimaça par habitude, et reboucha sans bruit la bouteille. À vrai dire, il s'était accoutumé à cet homme, tout en s'irritant d'un comportement inconciliable avec sa propre manière d'exister. Adamsberg se fiait à l'instinct et croyait aux forces de l'humanité, Danglard se fiait à la réflexion et croyait aux forces du vin blanc.

— Le vieux du banc dépasse les bornes, annonça Danglard en rangeant la bouteille.

— « Vasco de Gama » ?

— C'est cela, « Vasco de Gama ».

— Et quelles bornes dépasse-t-il ?

— Mes bornes.

— Ah. C'est plus précis.

— Il a apporté un grand portemanteau qu'il appelle un valet, sur lequel il a suspendu une loque qu'il appelle un veston.

— J'ai vu.

— Et il a l'intention de cohabiter avec ce truc sur la voie publique.

— Vous lui avez demandé de s'en débarrasser ?

— Oui. Mais il dit que c'est sa dignité, qu'on ne peut pas retirer ça à un homme.

— Évidemment… murmura le commissaire.

Danglard écarta ses longs bras en tournant dans la pièce. Depuis presque un mois, ce vieux, qui exigeait en outre qu'on l'appelle Vasco de Gama, comme s'il n'était pas déjà assez encombrant comme cela, avait pris ses quartiers d'été sur le banc d'en face. Il y mangeait, y dormait, lisait, et crachait tout alentour des monceaux de noyaux d'olive et de coques de pistache. Et depuis un mois, mine de rien, le commissaire le protégeait comme si c'était de la porcelaine. Danglard avait tenté à plusieurs reprises de virer Vasco, dont il trouvait la surveillance non pas suspecte mais pénible, et Adamsberg avait chaque fois éludé en marmonnant qu'on verrait cela plus tard, que le vieux finirait par changer d'emplacement. Au bout du compte on était déjà en juillet, et non seulement Vasco de Gama restait, mais il apportait son valet.

— On va garder ce vieux longtemps ? demanda Danglard.

— Il n'est pas à nous, répondit Adamsberg en levant un doigt. Il vous gêne à ce point ?

— Il me coûte cher. Et il m'énerve à ne rien foutre de la journée, à regarder la rue et à ramasser des tas de saletés qu'il fourre dans ses poches.

— Moi, je crois qu'il fait quelque chose.

— Oui. Il met une brindille dans une enveloppe et il la range dans son portefeuille. Vous appelez ça quelque chose ?

— C'est quelque chose, mais je ne parle pas de ça. Je crois qu'il fait autre chose en même temps.

— Et c'est pour cela que vous le laissez là ? Ça vous intéresse ? Vous voulez savoir ?

— Pourquoi pas ?

— Faut vraiment que ce soit l'été et qu'on ait du temps à perdre.

— Pourquoi pas ?

Danglard choisit de laisser tomber, une fois de plus. Adamsberg était de toute façon passé à un autre ordre d'idées. Il jouait avec la feuille de papier blanc.

— Ouvrez-moi un dossier propre, Danglard, on a une bricole à ranger.

Adamsberg sourit franchement en lui tendant la feuille du bout des doigts. Le papier ne comportait que trois lignes, composées de petits caractères découpés, soigneusement collés et alignés.

— Lettre anonyme ? demanda Danglard.

— C'est cela.

— On en a des brouettes.

— Celle-ci est un peu différente : elle n'accuse personne. Lisez, lisez Danglard, cela va vous amuser, je le sais.

Danglard fronça les sourcils pour lire.

Monsieur le Commissaire,

Vous avez peut-être une belle gueule mais, dans le fond, vous êtes un vrai con. En ce qui me concerne, j'ai tué en toute impunité.

Salut et liberté
X

Adamsberg riait.

— C'est bien, non ? demanda-t-il.

— C'est un canular ?

Adamsberg cessa de rire. Il se balança sur sa chaise en secouant la tête.

— Ça ne me donne pas cette impression, finit-il par dire. Ce truc m'intéresse beaucoup.

— Parce qu'on dit que vous avez une belle gueule ou parce qu'on dit que vous êtes un vrai con ?

— Simplement parce qu'on me dit quelque chose. Voilà un assassin, si c'en est un, qui dit quelque chose. Un assassin qui parle. Qui a commis un crime discret, ce dont il est très fier, mais qui ne lui sert à rien puisque personne n'est là pour l'applaudir. Un provocateur, un exhibitionniste, incapable de garder ses saletés pour lui seul.

— Oui, dit Danglard. C'est banal.

— Mais cela rend la partie difficile, Danglard. On peut espérer une autre lettre, comme il peut tout autant s'arrêter là, repu d'avoir sorti sa crasse et trop prudent pour aller plus avant. Il n'y a rien à faire. C'est lui qui décide. C'est désagréable.

— On peut le provoquer. Par voie de presse ?

— Danglard, vous n'avez jamais su attendre.

— Jamais.

— C'est dommage. Répondre ruinerait nos chances de recevoir une autre lettre. La frustration fait bouger le monde.

Adamsberg s'était levé et regardait par la fenêtre. Il examinait la rue, et Vasco en bas, qui farfouillait dans un sac en toile.

— Vasco a trouvé un trésor, et il le capture, commenta-t-il doucement. Je descends marcher un moment, Danglard. Je reviendrai. Emportez la lettre au labo et dites-leur que j'ai mis les doigts dessus.

Adamsberg ne pouvait pas rester au bureau la journée entière. Il fallait qu'il marche, qu'il regarde, qu'il contemple. Sans pour autant en profiter pour réfléchir de manière cohérente. Poser un problème pour lui trouver une issue était une démarche directe à laquelle il avait renoncé depuis longtemps. Ses actes précédaient ses pensées, et jamais l'inverse. Ainsi avec ce vieux, Vasco de Gama. Il tenait à ce qu'il demeure encore sur son banc, mais il n'aurait su dire pourquoi. Il y tenait, c'est tout. Et puisqu'il y tenait, il devait exister une bonne raison pour cela. Un jour, il saurait laquelle, il n'y avait qu'à attendre qu'elle se manifeste à son heure. Un jour, en marchant, il saurait pourquoi.

Ou par exemple avec cette lettre. Danglard avait raison, ce n'était qu'une lettre anonyme parmi d'autres. Mais il la trouvait singulière, et un peu alarmante. Ce n'était pas de se faire traiter de con qui l'inquiétait ou le surprenait, non, il y songeait assez souvent lui-même. Ainsi lorsqu'il calait devant un ordinateur, ou lorsqu'il revenait après deux heures de marche, incapable de dire à quoi il avait pensé. Ou quand il ne pouvait dire si la lettre G était avant ou après la lettre K, sans devoir se réciter tout l'alphabet à voix basse. Mais qu'est-ce que l'assassin pouvait savoir de tout cela ? Rien, évidemment. Il fallait que d'autres lettres arrivent. Ce truc n'avait rien d'une blague. Mais il n'aurait pu dire pourquoi. Un meurtre commis quelque part, ni vu ni connu. À présent, le tueur émergeait de sa planque, avec prudence et vantardise. Cela ressemblait à ça. En même temps, Adamsberg avait l'impression vague d'être attiré dans une nasse. Quand ses pas le ramenèrent au commissariat, il se répétait qu'il fallait prêter attention, que quelque chose d'assez moche avait commencé. « Gare, surtout, se murmura-t-il. G est avant K. »

— Tu parles tout seul ?

Vasco de Gama le regardait en souriant. Le vieux, qui n'était pas bien vieux d'ailleurs, soixante-dix ans au plus, avait une belle tête maigre sous des cheveux épais, plutôt longs, argentés. On ne distinguait pas ses lèvres sous la moustache tombante, mais son grand nez, ses yeux humides, son front haut, ses discours chaotiques et le recueil de poèmes qu'il déposait négligemment sur le banc faisaient de lui une caricature un peu ostensible du Penseur dégringolé. On lui voyait les omoplates sous sa chemise. Adamsberg ne croyait pas que le personnage fût truqué mais, ce matin, il préférait prendre garde à tout.

— Je parle tout seul, oui, dit Adamsberg en s'asseyant sur le banc. Je me donne des petits conseils.

— Tu veux une olive ? Cinq points si tu touches le réverbère.

— Non, merci.

— Tu veux un biscuit ?

Vasco agitait sous son nez une boîte en carton.

— T'as pas faim ? Ce sont de bons biscuits, tu sais. Je les ai achetés pour toi.

— Ce n'est pas vrai.

— Ce n'est pas vrai, mais il n'y a pas de mal à le dire.

— Qu'est-ce que tu fais par ici ?

— Je m'assieds. Il n'y a pas de sot métier.

— Pourquoi tu t'assieds là ?

— Parce qu'il y a un banc. Ici ou ailleurs…

Adamsberg soupira.

— Ça te plaît d'être en face d'un commissariat ? reprit-il.

— Ça change. Ça fait du mouvement. Et puis c'est comme pour tout, on s'attache. Moi, je m'attache très vite. Une fois, je me suis attaché à une crevette. Un lapin, passe encore, mais une crevette, tu te figures ? Tous les deux jours, je lui changeais l'eau dans sa cuvette. Ça m'a consommé du sel, crois-moi. Eh bien, elle était contente, dans sa bassine. C'est là que tu te rends bien compte que les crevettes et les hommes, ça fait deux. Ton collègue blond, celui qui n'a pas d'épaules, s'est foutu en rogne après moi ce matin. Pas à cause de la crevette, qui est décédée à l'heure où je te parle, mais à cause de ce valet. Le blond est assez emmerdant mais je l'aime bien, et puis il est généreux. Il se pose des questions sans fond, il s'inquiète et ça fait le bruit des vagues, je connais la musique. Toi, en revanche, tu fais le bruit du vent. Ça se voit à ta manière de marcher, tu suis ton souffle. Je m'y reprendrais à trois fois si je devais te faire changer d'idée. Tiens, regarde la boîte d'allumettes que j'ai décorée. C'est fortiche, non ?

Vasco, fidèle à l'une de ses principales manies, vidait méticuleusement ses poches et en disposait le contenu sur le banc et sur le trottoir, comme s'il le voyait pour la première fois. Et ses poches, extrêmement nombreuses, contenaient des accumulations inépuisables d'objets inclassables. Adamsberg jeta un coup d'œil à une petite boîte en carton déformée et coloriée.

— Comment sais-tu ces choses sur Danglard ou sur moi ? demanda-t-il.

— Comme ça. Je suis un poète, moi, tout me parle. Dis donc, ce n'est pas pour rien qu'on m'appelle Vasco. Ça voyage là-dedans, ajouta-t-il en frappant sa tête.

— Tu l'as déjà dit.

— Ça voyage drôlement, même. Imagine un instant qu'il y ait une grande flaque d'eau sale sur le trottoir. Tu saisis la situation ?

— Très bien.

— Bon. Ton ami blond arrive, il voit la flaque. Il s'arrête, il examine la chose et il la contourne, il prépare bien son affaire. Toi, tu ne vois même pas cette flaque mais tu passes à côté sans le savoir, au flair. C'est une tout autre appréhension du monde. Tu piges ? T'es comme un magicien. Le blond ne fait pas confiance à sa magie. Alors pas du tout. Tu vois cette petite tête sur cette photo ? Ne l'abîme pas, c'est mon père. Et là, tu vas être épaté, c'est ma mère. Je lui ressemble, pas vrai ? Je lui ai mis un petit cadre doré. Ça, c'est une photomaton d'un inconnu que j'ai trouvée par terre. Ne me demande pas qui c'est. Mais lui, c'est Valentin. Mon père a sauvé sa grand-mère des Turcs, ça remonte à loin. Attends, une petite branche d'arbre. Dis donc, hier, je marche, et cette petite branche d'arbre me tombe sur les cheveux. Fais gaffe à ne pas la casser. Attends, un cendrier jaune pliant. C'est une fille qui me l'a donné dans un café, et j'ai jamais revu la fille.

Les petits ciseaux, en revanche, je ne sais plus d'où je les tiens.

— Je peux les prendre ?

— Ah non ! Pas les ciseaux ! Trop utiles. Prends le cendrier si tu veux. Ou ça, tiens, un bracelet-montre.

— Je te remercie, je ne porte pas de montre.

— Ça sert pourtant. T'es con.

— Oui. On me l'a déjà dit ce matin.

— Ah bon ? Dans les journaux, ils disent le contraire.

— Tu sais beaucoup de choses, Vasco. Vraiment.

— Parbleu. J'édite mon propre journal et même je le vends. Alors je lis ceux des autres, pour être au courant. Il y a deux mois, ils ont parlé de toi, avec ta photo et tout le fourniment. Tu es un type respecté. C'est bien. Moi, si j'étais respecté, je pourrais tailler des costumes en soie, mieux qu'à Londres.

— Tu es vraiment tailleur ?

— Tout juste, tailleur. Mais le client est rare, le sur-mesure agonise. Tu veux que je te lise cet article sur toi ? Ou tu le connais ? Je l'ai dans une poche.

— Tu trouves normal d'avoir sur toi un article qui me concerne ?

— Ce n'est pas à cause de toi. C'est pour le pauvre gars qui s'est fait jeter dans la Seine, le clochard du pont Henri-IV qu'on appelait « Dix de carreau ». Un ami. Parole d'honneur, je ne connaissais pas ton nom avant de lire l'article. Tu as serré son assassin en trois semaines. C'est fortiche, non ?

— Je ne sais pas.

— Si, ils disent que t'es un fortiche. Que, l'air de rien, t'as le génie de ces trucs-là. Moi, j'ai le génie de la poésie, à chacun sa croix. Je t'assure, j'ai le génie de la poésie, j'en fais pour mon journal. Seulement, pour faire des vers, il faut avoir mangé, tu le sais. En ce moment, la passe est raide.

Adamsberg donna à Vasco les pièces qui lui restaient en poche.

— Tu repars travailler ?

— Oui.

— À tout hasard, sache qu'il y a une flaque d'eau dégueulasse devant la porte de ton commissariat. Prends-y garde. Le grand blond l'a bien repérée, lui.

Adamsberg dit merci et traversa lentement la rue.

Durant les deux semaines qui suivirent, aucune lettre anonyme ne parvint au commissariat. Jean-Baptiste Adamsberg, qui s'était pris à guetter l'heure du courrier avec une passion très inusitée chez lui, avait passé par toutes les phases de l'amour dépité, de l'espoir à la rumination. Il en était à la dernière étape, c'est-à-dire rébellion et hauteur, et s'efforçait désormais à l'indifférence quand le paquet de lettres parvenait au bureau.

Le rapport du labo avait été décevant. Ni le papier, ni l'enveloppe, ni la colle n'avaient révélé quoi que ce soit de curieux. Les lettres avaient été découpées avec des ciseaux de petit format, et non pas au rasoir. Aucune trace de doigt. Aucune faute d'orthographe. Les caractères provenaient probablement du quotidien régional *La Voix du Centre*. Ce qui ne menait à rien car l'enveloppe avait été postée de Paris et qu'on trouvait ce journal dans toutes les gares. De l'auteur, enfin, on pouvait supposer qu'il était cultivé et méticuleux. Ces bribes d'information ne conduisaient nulle part, Adamsberg les savait par cœur.

La nonchalance rêveuse du commissaire était rarement entaillée par les remous des affaires criminelles. Il se laissait porter sans impatience par les circonstances des enquêtes jusqu'au dénouement pressenti. Il savait attendre des semaines ou des mois si nécessaire avant de viser au but, ce qui exaspérait Danglard. Il savait viser tranquillement. Pendant son année à l'armée, il s'était retrouvé tireur d'élite, et ses supérieurs le trimballaient de concours en concours, comme un imbécile. Il avait passé l'année à tirer dans des carrés de carton. Il n'avait jamais appris à viser. Il ne s'était jamais entraîné. Le moment venu, il épaulait lentement, il visait, il tirait. Une bonne planque, ça ne tuait que le carton. Il avait l'impression d'agir un peu de même dans ses enquêtes, de déambuler loin des marches forcées et puis, le moment venu, de viser. Il pensait qu'il percevrait l'instant où l'assassin traverserait son territoire, qu'il en serait d'une manière ou d'une autre alerté, et qu'alors il agirait. Danglard disait que c'étaient des conneries.

Adamsberg ne lui donnait pas tort, mais il surveillait malgré tout son territoire, il y laissait flotter son regard, comme un filet sous les vagues. Mais cette fois, les choses se passaient un peu différemment. Il flottait moins bien. Il n'y avait pas d'enquête et pas de crime. Et pour une simple lettre qui l'avait traité de con, il était aux aguets, et mécontent. Pour cette raison, il estimait que le type avait dès le début pris l'avantage sur lui.

À l'opposé, l'absence de lettre conforta Danglard dans le peu d'intérêt qu'il avait porté à ce courrier. En revanche, la présence pesante de Vasco de Gama toujours posté sur son banc le contrariait plus de jour en jour. Tous les soirs, Vasco remportait son valet où pendait à présent, en plus du vieux veston, un pantalon presque assorti.

Hier matin, l'arrivée de Vasco avec un lampadaire de bureau avait anéanti Danglard. C'était un lampadaire haut comme un homme, à la tige rouillée, à l'abat-jour en métal vert foncé. De la fenêtre du couloir, il vit Vasco lui faire un signe de la main, poser sur le banc un carton de biscuits et un sac de pistaches, et caler son lampadaire en vis-à-vis du valet, comme pour se donner de la lumière afin de lire confortablement. Vasco avait transporté tout son équipement sur un diable bon pour le rebut. Il se recula de quelques pas pour juger de l'effet de son nouveau salon, disposa ses sacs en plastique au sol, aligna quelques décombres qu'il sortit de ses poches après un examen scrupuleux, et se prépara à lire. Collé à la vitre, Danglard était déchiré entre le désir répressif de le foutre au trou pour vagabondage et perturbation de l'ordre public, et l'envie sourde d'aller s'asseoir sur le banc à ses côtés, en plein soleil, sous ce lampadaire qui ne fonctionnait pas. Il entendit Adamsberg s'approcher. Le commissaire se plaça à côté de lui, le front contre la vitre.

— On dirait qu'il s'installe, dit Adamsberg.

— Il faut faire dégager ce vieux fou. Il m'énerve. Il me perturbe.

— Il ne faut pas y toucher pour le moment. Il n'est peut-être pas fou.

— Vous avez déjà parlé avec lui ? Vous n'avez pas vu qu'il déraillait ?

— À chacun sa croix, comme il dit. Quand a-t-il apporté le valet ?

— Cela fait seize jours aujourd'hui.

— Il y a eu la lettre juste après.

Danglard le regarda sans comprendre.

— Qu'est-ce que ça peut faire ?

— Rien. Je vois qu'hier il a apporté un lampadaire.

— Et alors ?

— Alors aujourd'hui, il y a une lettre au courrier.

Danglard observa Adamsberg avec incrédulité, puis haussa les épaules.

— Un lampadaire n'a rien à voir avec une lettre.

— Bien sûr, dit Adamsberg. C'est juste une coïncidence qu'on ne peut pas s'empêcher de remarquer.

— En faisant un effort, on peut très bien s'en empêcher.

— Entendu. Mais venez lire la lettre, Danglard.

La lettre et l'enveloppe étaient déjà glissées dans une pochette en plastique. Les caractères étaient aussi soigneusement disposés que dans la précédente.

20 juillet

Monsieur le Commissaire,

Vous attendiez de mes nouvelles ? Oui, bien sûr. Il s'en est pourtant fallu d'un cheveu que je vous laisse tomber. Vous êtes si cons dans la police. Vous ne pouvez pas m'atteindre. Vous ne m'inquiétez pas. Pour moi, vous êtes déjà un vaincu.

Salut et liberté
X

— Mélange de brutalité et de préciosité, commenta Danglard.

— Le type a besoin de parler, il allonge son billet. Ça en fait, des petites lettres à coller. C'est un patient, un méthodique. Les caractères sont aussi bien alignés à la fin qu'au début.

— Il dit sans doute la vérité. Il a dû hésiter avant d'écrire encore, avant d'entrer dans l'engrenage. Il a dû peser le pour et le contre, entre le risque et l'envie.

— L'enveloppe est froissée, elle a séjourné dans sa poche. Soit le type réfléchit avant de passer à l'acte, soit il vient jusqu'à Paris pour poster sa lettre. Elle n'est pas partie du même bureau de poste. Il a changé de boîte.

— Son crime, vous y croyez ?

— Je ne sais pas. Il me semble que oui.

— On ne sait ni où, ni quand, ni qui.

— Je sais, Danglard. On ne va pas fouiller tout le passé de la France. C'est l'impuissance. À moins qu'on ne tienne un point de départ.

— Dans la lettre ?

— Dans la rue. Un point de départ qui nous regarde depuis un mois et demi sur le banc d'en face.

Danglard s'assit lourdement, laissa tomber les épaules.

— Non, dit-il.

— C'est comme ça, mon vieux. Il se trouve que ce type est là. Les deux choses sont emmêlées.

— Forcément c'est emmêlé, dit brutalement Danglard. Ce sont les seuls événements notables qui se soient produits depuis le début de l'été. Mais ce n'est pas parce qu'ils existent ensemble qu'ils fonctionnent ensemble. Bon sang, on ne peut pas toujours tout confondre.

Adamsberg avait attrapé une feuille de papier et s'était mis debout pour dessiner. Depuis que le commissaire était arrivé à ce poste, Danglard l'avait vu griffonner sur des centaines de feuilles. Parfois, le soir, il arrivait à Danglard d'aller en récupérer une dans la corbeille à papier. Adamsberg avait abandonné la série des feuilles d'arbre pour passer à des fragments de visages, et à des mains.

— Tenez, dit Adamsberg en tendant la feuille à Danglard, j'ai fait votre portrait. Je vais marcher. Je reviendrai.

Bien sûr qu'il reviendrait. Pourquoi répéter cela sans cesse ? Sans doute, jugeait Danglard, parce qu'il craignait un jour de ne pas souhaiter revenir, et de marcher tout droit jusqu'aux montagnes.

Danglard entendit la porte du commissariat se refermer doucement et il regarda Adamsberg s'éloigner dans la rue, débraillé, les mains dans les poches. C'était la première fois qu'Adamsberg lui faisait le coup du portrait. Il jeta au dessin un œil prudent, un œil de biais, puis un autre, plus assuré. Ce portrait paraissait vouloir le réconcilier avec lui-même et cela l'émut en vrac. Danglard s'émouvait facilement. Il estima qu'il fallait un verre de blanc pour maîtriser cette faiblesse. C'était en réalité une émotion résistante qui demanda pas mal de verres pour refluer. Avant midi, Danglard était hors d'usage.

Trois nouvelles lettres arrivèrent en l'espace d'une semaine, postées de différents quartiers de Paris. Adamsberg en ressentait un tel contentement qu'il sifflotait souvent, n'adressait aucune remarque à Danglard pour le vin blanc en matinée et dessinait plus encore que de coutume. Les cinq lettres étaient épinglées dans leurs sachets plastique sur son mur. Il ne pouvait plus s'en séparer. Danglard disait au commissaire qu'il était intoxiqué par le tueur, et Adamsberg ne répondait pas. Régulièrement, il se levait, il s'arrêtait devant son mur et il relisait. Danglard le regardait faire.

23 juillet

Monsieur le Commissaire,
    Évidemment, vous n'arrivez à rien. Vous avez beau lire et relire, vous savez que vous n'avez aucune chance. Votre désarroi fait plaisir. Je songe à un nouveau crime. Les flics sont si cons. Je l'exécuterai à mon heure, sans aller par quatre chemins. Qu'en dites-vous ? Je vous préviendrai peut-être.

Salut et liberté
X

— Style ampoulé, murmura Adamsberg. C'est pesant, c'est pénible. Pourquoi, c'est la question.

Son regard passa à la lettre suivante.

26 juillet

Monsieur le Commissaire,
    Mes lettres vous déçoivent. Rien qui vous permette d'attraper le premier fil qui remonterait jusqu'à moi. Sachez en outre que mon apparence est quelconque : yeux communs, cheveux ordinaires, signes particuliers néant. Je n'ai rien de plus à vous offrir.

Salut et liberté
X

Puis enfin, à la dernière reçue :

28 juillet

Monsieur le Commissaire,

On commence à bien se connaître tous les deux, n'est-ce pas ? Dommage que je ne puisse vous lire en retour. La journée a été plutôt morne.

Inutile de vous décourager : vous êtes un incapable, mais n'importe qui aurait échoué. J'avais préparé mon coup au quart de poil. Pas d'embarras entre nous : je suis un assassin, vous êtes un flic, nous ne sommes pas faits pour nous rencontrer.

Salut et liberté
X

Adamsberg passait de l'une à l'autre, sifflotait, reprenait sa place. À présent que l'assassin ne pouvait plus s'empêcher d'écrire, il était tranquillisé. Mais il n'en livrerait guère plus. Il se bornerait sans doute à écrire en rond, pour le plaisir d'exister et l'envie de plaire, sans se découvrir. Il oscillait entre l'insulte et la confidence, assez hargneux pour oser, assez malin pour se retenir. Adamsberg avait l'impression que ces confidences étaient dictées par le souci étrange de gagner son indulgence. Comme si le type estimait qu'on n'abuse pas ainsi du temps et de l'attention d'autrui sans offrir une petite compensation en échange. Petits cadeaux qui ne valaient pas grand-chose, mais qui permettaient à leur auteur de poursuivre sa correspondance.

— C'est quelqu'un de courtois, conclut Adamsberg.

— Vous ne voyez rien d'autre ? demanda Danglard.

— Si. Les cheveux.

— Ah, vous aviez remarqué ?

31

— C'était là dès la deuxième lettre. Il glisse des cheveux un peu partout. Il y pense trop, ce gars.

— Dans la dernière lettre, il n'emploie pas le mot « cheveu ».

— Il écrit « au quart de poil », et c'est la même chose.

Danglard eut un geste de doute.

— Il n'y a rien non plus dans la lettre du 23, dit-il.

— Si, mais par rebond. « Sans aller par quatre chemins » voisine avec « sans couper les cheveux en quatre ». Il y a donc encore du cheveu dans cette lettre-là, à l'état souterrain.

Danglard grommela.

— Si, Danglard. C'est sûr. Ça marche comme ça. Le mot tourne, s'éclipse, mais l'idée est bien là.

— C'est curieux, soupira Danglard. C'est curieux de s'intéresser aux cheveux.

— Précisément. C'est très curieux. Quoi d'autre ?

— Les dates des envois : 23, 26, 28. Ça ne paraît pas probable que le type puisse habiter loin et vienne tous les deux jours à Paris pour poster son courrier. Il doit vivre dans la capitale ou les environs. On peut acheter *La Voix du Centre* dans toutes les gares. Si on surveillait les gares ?

Adamsberg secoua la tête. Danglard le trouvait moche à présent, alors que tout à l'heure encore il était assez beau. Quand le commissaire le contredisait, Danglard le trouvait subitement moche. Le lieutenant s'interrogeait du même coup sur sa propre inconstance et sur la relativité des jugements esthétiques. Si la beauté s'enfuit sitôt qu'on s'exaspère, quelle chance a-t-elle pour survivre en ce monde ? Et sur quoi fonder les critères stables de la beauté réelle ? Et où se trouve cette foutue beauté réelle ? Dans une forme hors tout ?

Dans la jonction d'une forme et d'une idée ? Dans l'idée que suggère une forme ?

— Merde, dit Danglard. Je me donne soif.

— Pas maintenant. Nous en étions aux gares. Je ne crois pas que notre type habite forcément Paris ou sa couronne. Les cinq enveloppes ont traîné dans sa poche. Méticuleux comme il est, il ne doit pas reculer devant quelques allées et venues pour améliorer sa couverture. Pas question de perdre du temps dans les gares. On ne gagnera rien à démarrer de là.

— Mais faut-il absolument démarrer ? Faut-il absolument s'occuper de ces cinq lettres de merde ?

— Cela mérite réflexion, dit Adamsberg en tirant une nouvelle feuille de papier de son tiroir.

Le commissaire dessina quelques instants pendant que Danglard reprenait en silence son affaire de beauté relative.

— Et cela nous ramène à Vasco, reprit Adamsberg.

— Il n'a rien apporté depuis le lampadaire, et pourtant il y a eu trois nouvelles lettres. Vous voyez que ça n'a rien à voir.

— On va démarrer de là, de Vasco, insista Adamsberg.

— Ça n'a pas de sens, dit Danglard avec brusquerie.

— Ce n'est pas grave, on s'occupera des questions de sens plus tard. J'ai besoin de savoir ce que ce bonhomme fabrique en campant devant notre porte.

— À cette heure-ci, il est déjà parti avec son chargement.

— Aucune importance, ça peut attendre demain.

La soirée fut très chaude. On pouvait se promener en chemise. Danglard transpirait en remontant les provisions chez lui. Il avait acheté des pommes de terre et des saucisses pour le dîner des enfants, et puis des fraises. Dans deux jours, les cinq enfants partaient en vacances. Il n'avait pas encore réfléchi à la manière dont il meublerait cette courte solitude. Il pensait surtout qu'il dormirait beaucoup et qu'il boirait sans doute pas mal, ce qu'il ne pouvait faire en toute aisance devant le regard contrarié de ses filles. Danglard épluchait les pommes de terre, il se trouvait doué pour ce truc. Il pensait au lampadaire de Vasco de Gama. Il aurait été curieux de voir la chambre où habitait le vieux, dans une petite rue du 14ᵉ arrondissement. Vasco lui en avait montré une photo noir et blanc, et le lieu était si encombré qu'il n'avait pas pu différencier le plancher du plafond. Vasco avait précisé « Le bas est ici », en retournant la photo d'un air offusqué. Adamsberg n'en tirerait rien demain. Adamsberg était cinglé. Il était temps que septembre revienne avec quelques bonnes affaires authentiques. L'été n'était fait que de paperasseries chaudes, de trompe-l'œil et d'interrogations fantasmatiques. À son avis, l'été ne valait rien à Adamsberg. Il aurait mieux fait de partir dans sa montagne au lieu de tourner comme un fauve autour de ces cinq malheureuses lettres. C'est-à-dire un fauve de petit format, corrigea-t-il mentalement, quelque chose de pas grand, type lynx disons. Danglard claqua la langue, mécontent, en versant ses pommes de terre dans une cuvette pour le rinçage. Non, Adamsberg n'avait rien à voir avec un lynx, il n'était pas assez tendu pour le métier de félin. En ce moment, il devait se promener avec un crayon dans la poche arrière. Danglard l'enviait un peu.

Adamsberg traînait sur les quais de Seine. Comme beaucoup de provinciaux, il aimait cette balade alors que les Parisiens trouvaient que ça sentait surtout la pisse. La grosse chaleur de la journée avait tiédi les pierres du parapet sur lequel il s'était assis. Le commissaire, patient, attendait l'orage. Celui-ci commença par un bon coup de vent et par de petites gouttes d'eau hésitantes qui lui firent craindre qu'il n'avorte. Mais, finalement, il y eut tout. Les explosions, les éclairs redoublés, le déluge de flotte. Assis, les mains posées sur le parapet, Adamsberg n'en perdait pas une miette. Les gens avaient fui en courant. Il était seul dans le soir, au bord de la Seine. De l'eau coulait déjà en torrents sous ses pieds. Ce vacarme venait à merveille après ces journées où il n'avait fait que boucler des dossiers, attendre le facteur et regarder Vasco de Gama cracher des noyaux. Son pantalon lui collait pesamment aux cuisses. Il avait l'impression de ne plus pouvoir bouger, d'être englouti sous la masse d'eau mais d'être en même temps le centre et l'ordonnateur de l'orage. Cette puissance immense acquise gratuitement sans effort ni mérite le ravissait. Adamsberg essuya son visage ruisselant. Si l'assassin avait su trouver son quart d'heure de gloire à chaque orage, comme lui, s'il s'était vraiment pris pour Dieu à chaque déluge, comme lui, il n'aurait sans doute jamais tué personne. Il fallait croire que les orages laissaient l'assassin indifférent, et c'était bien dommage. L'inquiétant était ce second meurtre annoncé. Adamsberg avait tendance à croire que cette menace n'était pas une simple forfanterie, que quelqu'un pouvait être en danger. Mais qui, où, quand ? C'était bien cet aspect fantomatique qui attirait, cette enquête qui n'était faite que de vide, d'absence et d'obscurité.

Profondément satisfait, Adamsberg écoutait l'orage qui s'éloignait à présent, le bruit de la pluie qui changeait de registre en douceur. Il remua les bras, comme pour voir s'ils marchaient toujours. Et, comme s'il revenait d'un monde très éloigné, il se mit à remonter prudemment les marches pour regagner le quai. Il savait dans quel café Vasco passait le début de sa nuit, s'attablant de droite et de gauche, parasitant les conversations des dîneurs, s'évertuant à vendre son « hebdomadaire », tout écrit et décoré main. Il l'avait suivi plusieurs fois au cours des quinze derniers jours, sans rien en dire à Danglard qui n'était pas encore mûr pour s'intéresser sincèrement au vieux. Cela viendrait, Adamsberg avait une complète confiance en Danglard. Chaque fois, Vasco avait fini sa soirée dans ce bar américain relativement cher où il connaissait tout le monde et où il finissait par dîner gratuitement en grappillant à plusieurs tables.

Adamsberg passa d'abord chez lui. Il s'essuya, enfila des habits secs et chiffonnés, puis, à pied toujours, il rejoignit le bar américain. Il était onze heures et demie. Le pianiste jouait, les dîneurs dînaient, quelques solitaires épiaient les autres, Vasco avait étalé le contenu de ses poches sur une table et l'examinait d'un œil sourcilleux, tout était normal. Adamsberg, assez éreinté par tout le boulot que lui avait donné cet orage, se laissa tomber sur une banquette et passa commande. Vasco se retourna et le regarda avec attention. Adamsberg se servit un verre de vin et vida la corbeille de pain en attendant son plat. Il ne fit même pas signe à Vasco de s'approcher. Il savait qu'il viendrait à sa table.

Après un court moment, Vasco replia ses affaires. Cela prenait toujours beaucoup de temps. Il glissait des bouts de machin dans des enveloppes qu'il fourrait ensuite dans des sachets en tissu. Il enfournait ensuite le tout dans ses poches, sachet par sachet, et selon le format de la poche. Après avoir tout ramassé, il vint s'asseoir en face d'Adamsberg et recommença à tout vider. Adamsberg écoutait ses commentaires tout en mangeant. Cette foule d'objets disparates et les explications dont les entourait Vasco l'hypnotisaient. Il eut droit à nouveau à la photo du père, de la mère, de l'inconnu, de Valentin, à la boîte d'allumettes décorée, à la brindille, au cendrier jaune, et puis aussi à la photo de sa chambre dont il ne put distinguer le haut du bas, ce qui énerva Vasco qui dit que les flics étaient décidément tous pareils, à des fragments de papier couverts de notes illisibles, à des tentatives de caricatures, à des échantillons de tissu, à un bobineau de fil de lin, à un noyau d'olive ciré par l'usure. Adamsberg voyait la table se couvrir peu à peu de ce bric-à-brac sacré. Détendu par le spectacle, il en venait à penser, comme Danglard, qu'il était inepte de questionner le vieux, que personne n'aurait l'idée de mener ce genre d'interrogatoire. S'il avait été au bureau, il aurait sans doute renoncé. Mais dans ce bar, à la fin de son repas, il pouvait discuter avec Vasco sans que personne ne s'en soucie.

Il eut du mal à interrompre l'énumération du vieux qui enchevêtrait maintenant ses commentaires d'extraits de poèmes et d'anecdotes décousues. Adamsberg n'avait rencontré personne qui passât aussi vite d'un sujet à un autre. Il lui remplit son verre pour la cinquième fois. Le débit de Vasco s'accélérait. Il tapait sur l'épaule d'Adamsberg, il lui disait qu'il était un type fortiche et épatant, et ses résistances fléchissaient. Mais Adamsberg percevait clairement, quelque chaleureuse que soit la nature de Vasco, qu'un sourd instinct lui commandait de prendre garde aux flics. Et, malgré le vin, il se recroquevilla quand Adamsberg aborda l'interrogatoire à brûle-pourpoint.

— Ce coup-ci, Vasco, j'ai envie d'avoir des réponses. Et même, j'en ai besoin. Je ne veux pas que tu me dises que tu t'assieds là parce qu'il y a un banc. Ce n'est pas vrai. Tu te fais chier sur ce banc, ça crève les yeux. Dès que cinq heures sonnent, tu vides les lieux comme un écolier à la fin des classes. Tu n'es pas là pour ton plaisir.

— Tu te trompes. Tiens, aujourd'hui, une femme dans la rue a perdu sa pochette, je te l'ai dit, ça ? Tu sais, une pochette, un petit foulard qu'on froisse dans une poche poitrine. Elle l'a perdu en courant, et c'est tombé comme un oiseau sur mes genoux. Je te le montre. Comme un oiseau.

— Tu me le montreras après. Qu'est-ce que tu fous sur ce banc ? Qu'est-ce que tu viens y faire, bon Dieu ?

— Rien du tout. Je voyage, moi. Les bancs, ce sont mes navires. C'est pour cela qu'on m'appelle Vasco. Tu veux un biscuit ? On hisse la grand-voile, et à Dieu vat !

Vasco plongeait dans ses poches à la recherche de son paquet de gâteaux.

— Ne me donne pas de biscuit. Réponds à ma question.

— Elle ne me plaît pas, ta question. T'es pas marrant quand t'es comme ça.

Adamsberg ne dit rien, parce que Vasco avait raison. Il se rejeta en arrière sur la banquette chaude, et les deux hommes restèrent silencieux. Adamsberg mangeait. Vasco rangeait et dérangeait ses fétiches étalés sur la table, comme s'il jouait seul une absurde partie d'échecs, en mordant l'intérieur de sa joue. Adamsberg le trouva pathétique.

— T'es qu'une pauvre andouille, murmura-t-il, et un poète de pacotille, et un voyageur de merde, et un crâneur.

Vasco leva un regard trouble vers le commissaire.

— Tu te crois très fort, très rusé, à faire l'imbécile original sur ton banc, continua Adamsberg, mais en réalité tu ne vois pas plus loin que le bout de ton nez, et c'est pour cela que ton navire finira à l'état d'épave dans la cellule de mon commissariat.

— Pourquoi t'es salaud comme ça ? Qu'est-ce que tu racontes ?

— Range tes merdes, dit brusquement Adamsberg en les rassemblant d'un balayage de bras sur la table. Tu t'agites comme un bavard infantile derrière ta haie de bibelots et on ne peut pas parler. Range tes merdes, je te dis !

— Mais pour qui tu te prends pour me donner des ordres ?

— Je ne vais pas te donner des ordres, Vasco, je vais te donner un tuyau. Un gros tuyau, un énorme tuyau qui va te souffler le vent du large dans les oreilles, et qui va secouer le radeau sur lequel tu te cramponnes : chez nous, chez les flics, sais-tu ce qu'on reçoit depuis que tu t'es installé là ? Depuis le jour où tu as apporté ton valet ? Des lettres, mon vieux, les lettres d'un assassin qui goguenarde, les lettres d'un gars qui a tué et qui va tuer, les lettres d'un salaud sûr de lui et bien à l'abri. Tu vois, un truc pas marrant, comme tu dis. Et tout cela pendant que tu bivouaques devant chez nous. Tu ne me crois pas ?

— Non, dit Vasco, en repliant en hâte ses déchets dans leurs enveloppes.

— Pars pas, Vasco, dit Adamsberg en l'attrapant par la manche.

Il tira de sa veste les photocopies des cinq lettres et les mit sous le nez de Vasco. Le vieux jeta un coup d'œil aux papiers et détourna la tête. Adamsberg les lui fourra de force dans la main, sans dire un mot. Vasco les parcourut d'un air buté puis les repoussa.

— Ça me dit rien, gronda-t-il. Je veux pas rentrer dans ton commerce.

— Tu ne comprends pas, Vasco : tu y es, dans mon commerce. Il ne s'agit plus de savoir si tu veux y entrer, mais si tu peux en sortir. Parce que, rends-toi bien compte, tu es dans un drôle de merdier.

— Tu t'imagines que c'est moi qui t'écris ?

— Que c'est toi qui découpes les caractères avec les petits ciseaux qui sont dans ta sixième poche droite, et toi qui les alignes aussi soigneusement que tu disposes tes trésors. Oui, on peut l'imaginer.

Vasco secouait la tête avec agitation.

— Ou bien il y a quelqu'un qui te colle un meurtre sur les reins. Choisis. Pioche.

— T'es pas comme je croyais, dit le vieux avec une moue dégoûtée.

— Mais si.

— Je croyais que ce que tu aimais, dans la vie, c'était marcher dans les rues, et pas emmerder le monde.

— Si. J'aime aussi emmerder le monde. Pas toi ?

— Possible, grommela Vasco.

— Et je n'aime pas que quelqu'un soit tué. Et je n'aime pas qu'on me l'annonce en se foutant de ma gueule. Et je n'aime pas le type qui m'écrit ces lettres. Et je n'aime pas qu'on joue les invincibles, sauf pendant les orages, uniquement pendant les orages. Et je n'aime pas que tu mimes le rêveur hébété. Et je n'aime pas les flics. Et je n'aime pas les chiens.

Adamsberg rassemblait ses cinq feuilles en désordre et les remettait sans soin dans sa poche.

— T'énerve pas comme ça, dit Vasco. Tâche de ne pas t'énerver.

— Je m'énerve quand je veux. Figure-toi que j'ai des raisons. Quelqu'un va être tué quelque part, et moi, retiens ça, c'est mon boulot de l'empêcher. Que tu trouves ça marrant ou pas marrant, c'est mon boulot tout de même. Et je n'ai rien pour commencer ce boulot. Rien que toi, peut-être. Et toi, tu te tais. Toi, tu fais le grand seigneur parce que c'est noble de ne pas l'ouvrir devant un flic. Eh bien, ce n'est pas le moment de faire noble, parce que tu es mon seul point de départ, le seul !

— C'est la première fois qu'on me dit que je suis un point de départ, dit Vasco. Ça me flatte, je t'assure.

Mécontent, Adamsberg déposa ses couverts en travers de son assiette. Il passa lentement sa main sur son visage, en frottant ses joues, son front, comme pour réduire son énervement sous ses doigts. Vasco, lui, se grattait la tête des deux mains, les sourcils froncés.

— Tu dis qu'un gars a été assassiné ?

— Ça en a tout l'air.

— Qui ?

— Je n'en sais rien.

— Et moi, je serais quoi, là-dedans ?

— L'assassin, le bouc émissaire, le grotesque, la coïncidence ou rien du tout. Choisis. Pioche.

Adamsberg vida son verre et laissa deux billets dans la soucoupe. Il était presque calmé.

— Je m'en vais, dit-il. Je te laisse mon adresse, pour le cas où tu te déciderais à aider. Si ça te prend, ne te retiens pas, surtout. Tu peux venir la nuit. Salut.

Il sortit en poussant lentement la lourde porte tournante, laissant Vasco devant son adresse et son fatras éparpillé sur la table.

Adamsberg se coucha en évitant de penser. Il n'aimait pas trop sa façon de bousculer Vasco, sous prétexte qu'il n'avait que lui à se mettre sous la dent.

La nuit était trop chaude pour supporter une couverture. Il s'allongea sur son lit, après avoir passé un short pour le cas improbable où Vasco viendrait.

Vasco resta sans bouger au bar jusqu'à la fermeture, sans même s'installer aux tables des derniers buveurs. Il aimait bien le petit commissaire brun, mais il n'aimait pas les flics. Son père, qui avait fui les Turcs et quitté l'Arménie, lui avait laissé en héritage une antique machine à coudre, de la défiance à l'égard de toute autorité constituée, et quelques coupons de tweed. Vasco mâchait sa moustache en réfléchissant. D'un autre côté, le petit brun ne le lâcherait pas tant qu'il n'aurait pas une réponse. Vasco ramassa ses objets et enfourna le tout dans ses poches. Il ne rentra pas chez lui et marcha jusqu'à l'aube avant de se décider à sonner à la porte du commissaire.

Les deux hommes s'assirent dans la cuisine devant un bol de café. Vasco demanda du pain et des sardines pour tremper dedans. Adamsberg n'avait pas de sardines.

— Faut toujours avoir des sardines, dit Vasco d'un ton de reproche. On ne sait jamais.

— Je ne suis pas un type prévoyant.

— Je suis venu te voir parce que tu t'imagines que j'ai quelque chose à t'apprendre. Mais je n'ai rien à t'offrir.

« Rien à t'offrir. » Adamsberg jeta un rapide coup d'œil au vieux. C'était à peu près ainsi que s'achevait la quatrième lettre. Certes, Vasco avait parcouru les lettres au bar. Il pouvait en restituer des fragments sans y prendre garde. Adamsberg se réveilla tout à fait.

— Si je n'étais pas venu, continua Vasco, tu aurais continué à te figurer je ne sais quoi. Tu es un foutu obstiné.

— Alors ? questionna Adamsberg. Ce banc, pourquoi t'es dessus ?

— Foutu obstiné. T'as raison pour une chose : je m'emmerde sur ce banc.

— On te paie ?

Vasco grogna.

— On te paie pour être là ?

— Oui, on me paie ! T'es content ? Ça ne fait de mal à personne, merde.

— Aucun mal, mais raconte tout de même.

— Un soir, j'étais au bar. À ce bar que tu connais. On m'a fait passer un mot.

— Tu l'as toujours, ce mot ?

— Non.

— C'est curieux, tu gardes tout d'habitude.

— C'est faux. Je trie, je trie énormément.

— C'est bon, tu tries, excuse-moi. Continue.

— On m'écrivait qu'il y avait un boulot pour moi. Que je n'avais qu'à attendre près d'une cabine de téléphone le lendemain à deux heures.

— Quelle cabine ?

— Rue de Rennes. Qu'est-ce que ça peut foutre ?

Vasco trempa sa tartine longuement et un morceau s'en détacha dans la tasse. Il le repêcha avec les doigts.

— J'ai eu le coup de fil. Le boulot n'était pas foulant et comme je te l'ai dit, depuis quelques mois, je n'avais plus de costumes à tailler, pas même un ourlet. Le sur-mesure agonise. J'ai accepté. Il n'y avait pas de mal, je te dis.

— C'était quoi, le boulot ?

— Être sur le banc. On me contacterait.

— Te contacter ? Devant un commissariat ?

Vasco haussa les épaules.

— Et alors ? Il n'y a pas que des types clairs, chez les flics. Un gars de chez toi aurait pu me refiler une adresse, un sachet de coke, est-ce que je sais, moi.

— Et on t'a contacté ?

Vasco sourit et alluma une cigarette.

— Tu t'inquiètes pour ton équipage ? Mais non, frère, on ne m'a pas contacté.

— Et après plusieurs semaines, ça ne t'a pas paru bizarre ?

— M'en fous. Tous les vendredis, il y a deux mille balles sous mon paillasson. J'ai un paillasson en forme d'autruche. Alors, tu vois, un boulot pas foulant. Heureusement qu'il y a le commissariat pour me distraire.

— Qui t'a téléphoné ? Un homme ? Une femme ?

— Sais pas. Un homme.

— On t'a donné un nom ?

— Pas de nom.

— Et tu n'as vu personne ?

— Personne.

Adamsberg se leva et s'appuya des deux bras au dossier de sa chaise.

— Elle est nulle, ton histoire, dit-il.

— Elle te plaît pas ?

— Non. Elle n'est pas complète.

— J'ai rien d'autre.

— Je ne te crois pas, Vasco, mais ce n'est pas grave. Quand tu auras vraiment compris ce qui t'arrive, quand tu auras vraiment peur, le reste viendra. Combien de temps dois-tu encore « travailler » sur ce banc ?

— On doit me faire savoir quand ce sera fini. Maintenant, j'y vais, faut que je sois à l'heure.

Vasco se leva, vérifia machinalement s'il n'avait pas laissé un objet sur la table.

— À tout à l'heure, dit Adamsberg.

Adamsberg faisait partie de ces hommes qui redoutent de se lever tard. Passé huit heures, il avait l'impression de courir quelque danger obscur, de tenter le diable. Et ce matin, contre toute attente, il s'était rendormi après le passage de Vasco. Il fit le chemin en courant pour compenser le péril où il s'était mis en s'attardant au lit et arriva mal à l'aise au commissariat vers dix heures et demie. Il arrêta sa course près du banc de Vasco. Le vieux n'était pas là. Troublé, il alla retrouver Danglard.

— Vasco ? Vous l'avez vu ce matin ?

— Pas vu. Il disparaît le jour même où vous vouliez l'interroger. Ce n'est pas de chance.

Adamsberg observa Danglard qui tournait les pages de son rapport.

— Vous ne lui auriez pas dit de foutre le camp, par hasard ? Vous ne l'aimiez pas, ce vieux.

Danglard haussa les épaules.

— Je l'aimais bien. Mais je n'aime pas qu'on me surveille.

— Il ne surveille personne. Il attend qu'on le « contacte ».

Danglard leva la tête.

— Je l'ai questionné à l'aube, dit Adamsberg. C'est tout ce qu'il consent à lâcher : qu'il est payé pour être là, et il ne sait pas par qui.

— Il ment.

— Évidemment.

Danglard abandonna son dossier et réfléchit en faisant rouler son crayon sur sa lèvre supérieure.

— Vous pensez qu'il s'est barré pour ne pas être interrogé à nouveau ?

— Peut-être. À moins que son « employeur » ne l'ait vu avec moi et ne lui fasse des ennuis.

— Possible.

— À moins qu'il n'ait écrit les lettres lui-même. À moins qu'il n'ait peur.

Danglard fronça les sourcils et fit cette fois rouler son crayon depuis la base de son nez jusqu'au menton. Adamsberg le regardait faire. Il avait essayé, mais le crayon était sans cesse tombé.

— Je continue à penser, dit Danglard, que les lettres et lui, ça fait deux. Il n'y aurait qu'un dingue pour venir assister sur place à l'effet produit par son courrier.

— C'est vous qui disiez qu'il déraillait.

Danglard se leva pesamment en trois mouvements successifs, le torse, les fesses, les jambes.

— C'est vrai, dit-il. Mais un auteur de lettres anonymes, c'est toujours un type qui se dissimule, qui fait ses coups de loin, qui progresse en s'abritant. Vasco, lui, s'expose comme un objet de musée depuis des semaines. Comment peut-on concilier cela ? Comment pourrait-il être les deux à la fois ? Être à la fois derrière et devant ?

Adamsberg hocha la tête, puis regagna son bureau. Debout, il tria son courrier d'un geste lent et s'interrompit brusquement. Il avait en main la sixième lettre. « C'est bien », marmonna-t-il, comme dans un murmure d'encouragement. Le type ne parvenait pas à s'arrêter. Alors, il était foutu. Parce que lui, Adamsberg, serait patient jusqu'à la fin du monde, et pas le type.

31 juillet

Monsieur le Commissaire,
Et la femme de la gare de l'Est ? Vous calez ?
Dans le fond, c'est vrai que vous êtes con.
Je dois m'absenter pour mes affaires. C'est dommage, je ne vous écrirai pas de sitôt.

Salut et liberté
X

— Tu parles, murmura Adamsberg.

Il rejoignit Danglard d'un pas relativement rapide et posa le document sur sa table.

— « La femme de la gare de l'Est. » Cherchez-moi ça, Danglard, aussi vite que possible. Je ne savais pas qu'il y avait eu un meurtre à la gare.

Danglard obtint l'information dans la demi-heure. Sept semaines plus tôt, on avait trouvé une femme écrasée sur les rails. Un accident. Elle était ivre, elle était

47

sans doute tombée du pont et s'était tuée dans sa chute. On avait envisagé une bagarre, sans preuve. Le suicide aussi, sans preuve. L'affaire était en cours de classement.

— Allez voir le collègue du 10e arrondissement et rassemblez tout ce que vous pouvez sur cette femme. Comment s'appelait-elle ?

— Colette Verny. Elle vivait seule, sans…

— Vous me raconterez ça tout à l'heure. Je file chercher Vasco.

— Vous savez où il est ?

— Oui, je le sais. Vous croyez que j'ai laissé ce type en embuscade sans me renseigner sur lui ? Sans le suivre pour savoir où il crèche ? Qui il connaît ? Ce qu'il fait ?

Danglard regardait le commissaire sans rien dire, stupéfait et vaguement trahi.

— Danglard, vous croyez toujours que je ne fous rien sous prétexte que je ne fous rien. La réalité n'est jamais si simple et vous le savez mieux que quiconque.

Adamsberg lui sourit et lui adressa un signe de la main avant de sortir.

La chambre où vivait Vasco était au septième étage sans ascenseur. Adamsberg et ses deux adjoints longèrent un premier couloir, qui sentait la graisse et la sueur, puis un second tout à fait sombre où pendaient des ampoules grillées.

— Ouvre, Vasco, dit-il doucement en frappant à une porte, devant laquelle on dérapait sur un paillasson gris en forme d'autruche.

— Ouvre, répéta Adamsberg. J'ai reçu du courrier pour toi.

La porte s'entrebâilla et Vasco jeta un œil vif aux deux adjoints qui encadraient Jean-Baptiste Adamsberg.

— T'es pas tout seul ?

— Laisse-moi entrer, ils restent dehors.

La chambre de Vasco était bien pire que la photo ne le laissait présager. Ce n'était pas un creux dans lequel loger, mais un plein, un amoncellement, une saturation d'objets entre lesquels il fallait se glisser pour demander la permission d'habiter. Adamsberg resta debout, mesurant l'ampleur de la tâche en tournant lentement le regard d'un côté à un autre.

— Qu'est-ce que tu cherches ? Qu'est-ce que tu as ?

— T'es pas venu au banc, ce matin ?

— Non. Tu m'as barbouillé avec tes histoires.

— Et l'employeur ? Tu l'as prévenu ?

— Je le connais pas, je te dis. Et puis je vais lâcher le truc. Ce n'est plus marrant comme avant, avec tes menaces, tes lettres. Je ne cherche pas spécialement les emmerdes.

— Tu les as. On sait de qui parle le tueur à présent. Il s'agit d'une femme qui s'est écrasée sur les rails de la gare de l'Est, il y a deux mois, juste avant ton arrivée. Complètement ivre. Elle s'appelait Colette Verny.

Vasco s'était assis sur une pile de magazines instable et regardait Adamsberg, l'air craintif, pour la première fois.

— Tu la connais ? demanda doucement Adamsberg.

— Non, souffla Vasco. Tu sais que je n'y suis pour rien.

— Je ne sais rien, Vasco, que toi, que les lettres et que cette femme. Parle-moi du gars qui t'a commandé le travail.

— Je ne le connais pas, je te l'ai dit.

— T'es vraiment une gourde, Vasco, parce que ce gars, lui, ne va pas te protéger, crois-moi. Et si je ne me trompe, il t'a déjà bien enfoncé la tête dans le trou.

Adamsberg fit un signe aux deux adjoints qui attendaient en fumant dans le couloir.

— On fouille cette chambre, leur dit-il. Monsieur est consentant.

Les deux hommes regardèrent autour d'eux, inquiets.

— On commence par ici, ici, ici et là, dit Adamsberg en désignant les quelques espaces de parquet libres, ou presque libres. On cherche des ciseaux, du papier, des journaux et de la colle. Tu vas voir, ajouta-t-il en se tournant vers Vasco, le cadeau que t'a fait ton employeur.

Vingt minutes plus tard, les flics trouvaient le matériel sous une latte du plancher.

Adamsberg attrapa assez violemment Vasco par le bras.

— Tu comprends maintenant, Vasco ? Tu saisis ? Oui ou merde ?

Adamsberg le lâcha, le reposa sur sa pile de journaux, et alla examiner la porte.

— On entre facilement chez toi ?

— Oui, dit Vasco en haussant les épaules. Je suis un poète, moi, un voyageur, je ne vais pas boucler des portes et des serrures. Ah non. Faut que ça bouge, faut que ça flotte, faut que ça circule. Hissons la grand-voile et à Dieu vat.

— Eh bien sois content, il y en a au moins un qui ne s'est pas gêné pour venir circuler chez toi. Mais je ne sais pas si la poésie y a gagné quelque chose. Viens, on sort. Je vais te parler de cette femme.

Vasco enfila une veste, la lissa, vérifia fébrilement le contenu de toutes ses poches, transvasa certains sachets, enveloppes, petites boîtes d'une autre veste dans celle-ci, tira sur ses chaussettes, examina la retombée de son pantalon, déplissa son col.

— Viens, Vasco, répéta Adamsberg dans un soupir.

Adamsberg n'eut pas l'idée d'emmener Vasco dans les bureaux pour l'interroger. Cela lui semblait une incongruité de l'enfermer là-dedans, et même une erreur. Il semblait que Vasco ne savait parler que dehors ou dans les cafés. Quand Adamsberg avait discuté avec lui « en intérieur », chez lui à l'aube, ou dans sa chambre tout à l'heure, il n'en était pas sorti grand-chose de bien. Le « voyageur » perdait toute sa loquacité entre les murs, il se renfrognait. Au fond, Vasco avait peut-être raison, le banc pouvait être un navire, pourquoi pas ? Et l'on peut parler bien à son aise sur les ponts. Il faisait beau, ils s'installeraient sur le banc. Adamsberg fit signe à Vasco de s'asseoir à la proue et appela Danglard depuis la rue. Danglard passa une tête boudeuse par la fenêtre, soutenant son front.

— Danglard, descendez de quoi écrire et venez nous rejoindre, cria Adamsberg. On parle en bas, précisa-t-il.

Ce n'est qu'une fois sur le banc que Danglard s'avisa de l'absence du valet, et surtout du lampadaire. Et curieusement cela lui manqua, surtout le lampadaire éteint. Il aurait aimé, au moins une fois dans sa vie, prendre des notes au soleil sous un lampadaire cassé, au moins une fois pour éprouver cette sensation et la raconter aux petits. Il sentit sa migraine se dissiper et se mit en position, stylo-plume en main. Il savait pourquoi Adamsberg lui déléguait toutes les notes manuscrites : le commissaire écrivait lentement, aussi laborieusement qu'il dessinait vite.

— C'est bon, dit Vasco, je suis prêt.

Danglard le regarda. Le vieux avait laissé tomber toutes les résistances. Il mâchonnait une olive d'un air pénétré et un peu soumis. La femme écrasée sur les rails avait dû le secouer et lui faire changer de registre. Il était passé de la gouaille superficielle à une gravité assez sobre. Le dos droit, les lèvres un peu tremblantes mais l'œil à nouveau rapide, Vasco voulait parler.

Adamsberg en revanche, affalé contre le dossier du banc, le visage tourné vers le soleil, était calme et revenu à son niveau ordinaire de lenteur, c'est-à-dire très au-dessous de la moyenne.

— Ce qu'il y a, dit-il doucement à Vasco, c'est que je ne veux pas de ta conversation ordinaire aujourd'hui : pas de poésie, pas d'anecdotes, pas de petits récits saisissants, pas de débris de vie émouvants, pas d'envols, non. Ce que je veux, Vasco, c'est le portrait d'un meurtrier. Le portrait de l'homme qui t'a payé pour venir poser ton cul ici, devant nos fenêtres. Et je ne veux ni tremblement, ni scrupule, ni quoi que ce soit de ce genre. Tu les feras plus tard.

— J'ai compris, dit Vasco. Mais je ne l'ai vu que deux fois. Je ne sais pas son nom, je te le jure.

— Décris-le. Quelle tête a-t-il ?

— Une tête de salaud.

— Une « tête de salaud », c'est encore de la poésie. Il faut être neutre et rigoureux, Vasco, il faut que dans deux heures je puisse le reconnaître dans la rue.

— Je t'assure, une tête de salaud. Il est blême, avec des cheveux très fins et très noirs, et des dents qu'on ne voit pas. Il est assez bien vêtu, mais ce n'est pas de la coupe anglaise. Sa veste est italienne, ça ne fait pas de doute, sa chemise est d'une marque indéterminable, et le pantalon est de façon française, datant d'il y a trois ans environ. Pour la ceinture, je peux être plus précis, y compris pour les fournisseurs.

Danglard regarda Adamsberg avec incertitude.

– Si, lui dit Adamsberg, on note tout.

Le commissaire étira les bras et ferma les yeux. Danglard griffonnait à vive allure sous le flot de paroles de Vasco. Au bout du compte, le vieil homme savait pas mal de choses sur ce gars à tête de salaud. Ce n'étaient que détails d'allure ou de vêtements, mais leur amoncellement formait un petit tas qui forçait l'attention. Un peu comme l'accumulation des fétiches enfermés dans les poches de Vasco finissait par forcer le regard. L'homme montait peu à peu sous les mots du vieux. Et, détail non négligeable, il était sans doute de Dreux. Vasco avait vu son billet de train, un aller-retour dépassant de son portefeuille. Au bout d'une heure et demie, la main crispée sur son stylo, Danglard pensait qu'il y avait là de quoi ramasser ce tueur, avec un peu de chance. Il jeta un nouveau coup d'œil au commissaire. Adamsberg avait toujours les yeux fermés, il semblait somnoler dans la chaleur, indifférent au bavardage du voyageur comme à la peine que se donnait son adjoint. Mais Danglard savait que pas un mot ne lui avait échappé. Dans sa fausse torpeur, Adamsberg souriait.

Adamsberg lança sur Dreux quatre hommes, avec des descriptions fines et des portraits-robots. Il avait donné ordre de commencer par la gare, où ceux qui vont et viennent chaque jour sont relativement connus. Puis de passer au peigne fin les restaurants, les bars, les bureaux de tabac, les coiffeurs, et ainsi de suite. Son collègue du 10e arrondissement faisait également circuler deux hommes dans les alentours de la gare de l'Est et dans les lieux de passage de Colette Verny. On en savait plus à présent sur elle. Quarante-trois ans, célibataire, joli visage aux yeux gonflés, des emplois chaotiques, des beuveries régulières et, d'après ses voisins d'un triste immeuble de la rue des Deux-Gares, des périodes de solitude intense ou bien des épisodes agités, peuplés de quantités de types et de sorties bruyantes.

À Dreux, un employé de la gare reconnaissait l'homme, mais ne savait ni son nom ni son adresse. Il le voyait passer et partir en taxi. Une coiffeuse l'avait aussi identifié. Le client ne fréquentait pas depuis longtemps, six mois peut-être, il venait sans doute d'emménager dans le quartier. On commença à visiter les immeubles environnant la boutique, avec l'aide des flics de Dreux.

Pendant tout le mois d'août, Danglard attendit avec confiance et fébrilité, pendant qu'Adamsberg vaquait sans accélérer aux tâches ordinaires. Son seul bref moment de tension était à l'heure du courrier, puis cela passait. Le tueur n'écrivait plus. Vers le 20 du mois, Adamsberg ne guettait plus le facteur et partait en promenades de plus en plus fréquentes. Il avait expliqué à Danglard que, après le 15 du mois, il fallait profiter hâtivement des dernières chaleurs au lieu de se disperser dans la besogne des bureaux.

Il se mit en effet à tomber des hallebardes le 27 août, dès le matin. Adamsberg regarda longuement la flotte rincer les trottoirs par sa fenêtre ouverte, debout, les mains dans le dos. Il n'y avait eu que très peu d'orages depuis celui qui avait ouvert le début de cette affaire. Et il le regrettait. Il y a des mois d'août où l'on peut se prendre pour Dieu tous les soirs, et d'autres où l'on reste seulement flic tous les matins.

Il décida de sortir sans veste. C'est ainsi qu'il préférait la pluie.

— Danglard, si vous êtes libre, on y va, appela-t-il en passant la tête par la porte du bureau voisin.

Danglard hocha la tête, enfila son imperméable et prit son parapluie. Il préférait ne pas poser de questions pour ne pas risquer une humiliation inutile. Il connaissait trop bien Adamsberg, et cette façon de laisser traîner certaines affaires jusqu'à épuisement involontaire de ses collègues, jusqu'au jour où, brusquement, il se mettait en mouvement, avec une rapidité toute relative et sans donner d'explications. Au début, Danglard avait pensé à tort que le commissaire conservait ce silence souriant par pure perversité vexatoire. En réalité, si Adamsberg ne s'expliquait pas, c'est simplement qu'il n'y pensait pas. Mais Danglard, serrant à deux mains son parapluie sous l'averse violente, s'offensait encore de devoir suivre Adamsberg sans connaître leur destination.

. Trempé, la chemise collée au corps, Adamsberg se réfugia sous le porche étroit d'un vieil immeuble.

— C'est ici qu'habite Vasco, expliqua-t-il en essorant sans précautions ses vêtements. On grimpe au septième, ajouta-t-il.

Cette fois, Adamsberg frappa et entra directement sans attendre. La porte était ouverte.

— Salut, dit-il seulement.

Il s'affaira à dégager pour lui et Danglard deux espaces libres, puis il façonna deux piles de journaux à bonne hauteur pour s'asseoir.

— Voilà. On est bien comme ça, pour discuter, reprit-il. Toi, Vasco, tu es vautré sur ton lit, ne bouge pas, tu es très bien là.

Vasco s'était redressé sur le lit chiffonné, avait repoussé son livre — au titre duquel Danglard jeta un discret regard — et, adossé au mur, regardait les deux hommes avec curiosité et réserve.

— Ça y est ? demanda-t-il. Vous l'avez coincé ?

— Tu penses qu'on l'a coincé, dit Adamsberg.

— Où cela ? À Dreux ?

— Non, pas à Dreux. Pas à Dreux ni nulle part. On a coincé du vent, Vasco, de la crânerie.

— Merde, dit Vasco.

— C'est ton portrait du gars qui ne doit pas coller, suggéra Adamsberg.

— Pourtant…

— Non, il ne colle pas. Beaucoup trop poétique, si tu veux mon avis.

Vasco plissa les yeux en attendant de comprendre. Danglard aussi.

— Et puis quoi ? reprit Adamsberg. Tu ne donnes plus signe de vie ? Tu oublies les amis ?

— J'aurais dû passer ? demanda Vasco d'une voix hésitante.

— Non, mais tu aurais pu écrire. Des lettres. On n'a plus de tes nouvelles, maintenant. Alors c'est moins gai. On s'ennuie.

Il se fit un silence. Danglard eut un geste brusque qui fit couler au sol une pile de coupons de tissu.

Vasco tira vers lui un cendrier posé dans un des replis de la couverture et écrasa consciencieusement son mégot.

— Bien, dit-il d'une voix un peu tremblée. Tu es un fichu obstiné. Oui, un fichu. Où en es-tu, au juste ?

— Au juste, au bout.

— Tu sais quoi ?

— Tout.

— Dis voir pour voir ?

— Tu as un frère cadet.

— C'est vrai, dit Vasco en rallumant une cigarette.

— T'as même que lui comme famille.

— C'est vrai.

— Mais c'est un type qui ne vaut rien.

Vasco fit juste un signe de la tête.

— Tailleur, comme toi, mais il tire le plus clair de son argent des femmes. C'est un vrai dur avec elles, un authentique violent. Il ne supporte pas qu'on lui refuse, ça le vexe. Il suffit qu'il ait bu et qu'une femme lui dise non pour que ton frère cogne.

— Oui, dit Vasco à voix basse. Un vrai dur avec elles.

— Mais c'est ton frère, et tu y tiens plus qu'à n'importe quoi d'autre.

— Il est fragile, dit Vasco à voix un peu honteuse.

— Au début du mois de juin, le 5 exactement, il te téléphone au matin. Il a tué une femme, et il t'appelle au secours.

— Oui, dit Vasco en tortillant les plis des draps. Il était sorti avec elle la veille au soir. Ils sont rentrés raides ivres tous les deux. Quand il est raide, il sait plus ce qu'il fait. Ce dont il se souvient, c'est qu'elle a refusé de l'accompagner, et qu'il a gueulé fort sur le pont, au-dessus des voies ferrées. Le lendemain matin, à son réveil, il ne se rappelait plus rien, sinon les rails et la fille qui se défendait et lui tapait dessus. Quand il a su qu'elle était morte en bas, sur le ballast, il m'a appelé.

— Et tu l'as protégé.

Vasco hocha à nouveau la tête, les yeux fixes, comme au bord des larmes.

— T'as décidé de choisir un bon crétin de flic et de l'intoxiquer petit à petit. De m'amener peu à peu vers l'erreur, de me la faire construire moi-même, tout doucement, par la provocation, par des petits aveux susurrés, par des mines craintives, par des crâneries, et par la confession finale et le portrait d'un tueur. Personne ne t'a jamais payé pour être là, évidemment. C'est toi qui as écrit les lettres, c'est toi qui as tout fait. Bien fait, Vasco, mais pas parfait. Le style sonnait faux. Les cheveux surtout. Mais bien fait tout de même : en deux mois, j'étais convaincu, portrait-robot en main élaboré par tes soins, de partir en quête du tueur de la gare, de cet homme blême aux lèvres fines, de cet homme de Dreux, de cet homme à la veste italienne. J'aurais pu le chercher longtemps, ce type, n'est-ce pas, Vasco ? Mais enfin, ça, tu t'en foutais.

— Complètement.

— Ton frère une fois sauvé à l'abri de ce leurre, ton boulot était fait. Salut et liberté. Tu as dételé du banc, rassuré. On aurait classé l'affaire dans quelque temps, faute de trouver le fameux assassin de Dreux.

Vasco renifla et essuya son nez avec sa main. Adamsberg haussa les épaules.

— Ne le regrette pas, dit-il. Il ne vaut rien, ton frère, je te dis. Il ne vaut pas un clou.

Vasco le regarda, serra les mâchoires.

— Finalement, grinça-t-il entre ses dents, c'est toujours abruti, un flic. Faut toujours que ça sorte des saloperies, à un moment ou à un autre. J'ai bien fait de t'écrire.

Adamsberg sourit, étendit ses jambes et étira ses bras. Il avait l'air ravi.

— Tu t'es donné beaucoup de mal pour rien, dit-il. Deux mois entiers de comédie pour zéro. Tu vois, ça ne sert à rien, ta poésie. Mais il y avait de jolis moments, vraiment. J'ai bien aimé. Et puis tu as récupéré ça et ça, ajouta Adamsberg en désignant le valet et le lampadaire, serrés dans un angle l'un dans l'autre, comme deux amants de la rue. Tu nous les prêteras des fois, car je suis sûr que, au fond, Danglard les regrette.

Il fit un signe à Danglard en souriant. Comme Vasco, le visage figé, ne disait plus rien, Adamsberg se leva et alla jusqu'au lit lui secouer l'épaule.

— Du mal pour rien, répéta-t-il doucement, la main posée près du cou du vieux. Ce n'est pas ton frère qui l'avait tuée.

Vasco leva lentement les yeux vers Adamsberg.

— Ce n'est pas ton frère, tu m'entends ? On a pris l'assassin hier, un amant de Colette, un forcené qui l'avait prise en chasse. En ce moment, il se débat dans le commissariat du 10e, et il crache le morceau. Un vrai dur avec les femmes, mais ce n'est pas ton frère.

Vasco se leva du lit, une main tendue vers Adamsberg.

— Non, pas de lyrisme, Vasco. Donne-moi juste le lampadaire pour nos bureaux, si tu le veux bien. Mais je comprendrais que ça te prive.

Vasco se précipita dans l'angle et décrocha l'engin des pieds du valet. Adamsberg le passa à Danglard, qui lui fit un signe de tête.

— Mais tout de même, hasarda Vasco, pour la femme de la gare, vous en étiez où, chez les flics ?

— Nulle part. À un accident. Classement en cours.

Vasco s'appuya à son valet et resta immobile quelques instants.

— Si bien que le tueur, reprit-il, vous ne l'auriez jamais eu si... ?

— Si tu n'étais pas venu nous emmerder ? Non, jamais.

— Ah, tu vois, dit Vasco en souriant, ça sert à quelque chose, la poésie.

Les deux flics redescendirent l'escalier après avoir salué Vasco, et Adamsberg voulut marcher pour se sécher, avant d'aller rendre visite au collègue du 10e. Ce qui parut sage à Danglard, vu l'aspect désolant des vêtements trempés et froissés du commissaire. Danglard secoua la tête. Adamsberg avait l'allure d'un gars qui n'impressionnait personne.

Le lieutenant proposa de sécher à une terrasse de café ensoleillée et d'en profiter pour avaler un vin blanc. Peu après, les deux hommes s'installaient à une table, et Danglard s'affaira à caler le lampadaire entre eux, sur le trottoir en pente. Un serveur accourut vers eux.

— Vous ne pouvez pas laisser ce truc-là devant le café, dit-il. Faut me retirer ça tout de suite.

— Non, répondit Danglard. C'est pour y voir clair. C'est mon bien, c'est ma dignité.

LA NUIT DES BRUTES

Aussi, si les gens ne faisaient pas toute une histoire avec Noël, il y aurait moins de tragédies. Ils sont déçus, les gens, forcément. Et ça fait des drames.

Seul dans son bureau, le commissaire Adamsberg griffonnait, un carnet calé sur ses cuisses, les pieds posés sur sa table. Il avait pris la garde de nuit avec Deniaut, qui somnolait à l'accueil. C'était le 24 décembre, c'était spécial, tous les autres gars étaient dehors. Ils allaient fêter l'entrée en scène de l'hiver. Une minorité d'entre eux n'aurait raté ça pour rien au monde et une majorité n'avait trouvé aucun moyen d'y échapper.

Pour Jean-Baptiste Adamsberg, c'était différent : il redoutait Noël et il s'y préparait. Noël et sa cohorte d'accidents, Noël et sa légion de drames. Noël, la nuit des brutes.

Forcément.

Adamsberg se leva lentement et alla coller son front à la vitre embuée. Au-dehors, des guirlandes d'ampoules jetaient de brefs éclairs sur les corps des clochards, tassés glacés dans les recoins. Il tenta de calculer combien de fric s'était ainsi pulvérisé depuis trois semaines dans le ciel de Paris sans qu'une seule pièce en retombât dans la poche des errants. Noël, la nuit du partage.

Il posa son bloc et son crayon, disposa deux assiettes sur un coin de table, sortit une bouteille de vin, examina le contenu du four et appela Deniaut.

Forcément les gens s'exaspèrent. La tension de ce long compte à rebours au terme duquel doit jaillir l'insouciance, ça leur met les nerfs en bouillie, aux gens. Depuis cinq semaines, le vieux type à barbe blanche et robe rouge a envahi les murs, jovial et prometteur. Il est increvable, ce type. Il a pourtant la tête d'un gars qui a forcé toute sa vie sur le pinard. Mais rien à faire, inusable. Il n'a pas l'air de sentir le froid, non plus. Jamais un rhume. C'est un héros béat et ses bottes sont rondes et propres.

Dès l'apparition du vieux type, la tension monte cran par cran. Le pays tout entier, soumis, se crispe et se prépare à son inévitable joie.

Noël tombe un jour comme les autres. Mais de partout, des êtres soucieux et muets se dirigent dans leurs habits neufs vers les pôles de la liesse. Chacun a pensé aux autres. Chacun part chargé d'offrandes. Noël, la nuit du don, de la grande trêve.

À Noël, tout le monde s'engueule, la majorité sanglote, une partie divorce, quelques-uns se suicident.

Et une toute petite partie, suffisante pour mettre les flics sur les dents, tue. C'est un jour comme les autres, en beaucoup moins bien.

Les mains entortillées dans deux boules de journaux, Adamsberg sortit doucement le plat du four. Deniaut, méfiant, le regardait faire.

— C'est quoi ? demanda-t-il.

– Je ne sais pas.

À l'exception de trois ou quatre souvenirs d'enfance, Adamsberg était peu sensible aux finesses culinaires. Il mangeait ce qu'il trouvait, parfois la même chose pendant deux mois de suite. Il récupéra le carton d'emballage et le tendit à son collègue.

– Le titre du dîner est écrit dessus, dit-il.

– Ce n'est pas un repas de Noël.

– Tant mieux. Cela nous repose.

Deniaut était un nouveau, envoyé de Chambéry. Sensible et méticuleux, il faisait montre d'une fascination pour les vertus qui inquiétait Adamsberg. Le commissaire redoutait qu'il ne tienne pas le coup. Car enfin, la police n'est pas à conseiller à un type qui espère fébrilement en la grâce de l'humanité.

Adamsberg coupa la baguette en deux en tirant dessus avec les mains, et en tendit une moitié au jeune lieutenant. Le commissaire avait gardé de son enfance rurale des gestes dépouillés, mais Deniaut n'aimait pas qu'on lui bousille son pain. Il l'accepta, un peu contraint.

Les deux hommes mangèrent un moment en silence.

– Forcément les gens sont à cran, dit Adamsberg. Six semaines qu'on les surmène pour qu'ils donnent le meilleur d'eux-mêmes, qu'on les condamne à la réussite, qu'on les abrutit pour le grand soir. Forcément, ils ne tiennent pas le coup. Ils s'écroulent, ils sont déçus.

Deniaut hocha la tête, indécis. Dans le temps, il avait cru à Noël.

Adamsberg déboucha la bouteille, en proposa sans espoir à son collègue. Deniaut ne buvait pas.

– Et toi ? reprit-il. Tu n'as pas de famille ? Tu ne fais pas de fête ?

Deniaut serra les lèvres.

— Je suis fâché avec tout le monde.

— Ah, dit Adamsberg.

— Vous aussi ? demanda Deniaut.

Adamsberg secoua la tête.

— Non. Ils vivent dans la montagne, là-bas, dit-il en montrant la fenêtre dans la direction des Pyrénées. Ils m'écrivent des mots. Une de mes sœurs m'a envoyé hier une sorte d'animal en tissu de quatre centimètres. Je ne sais pas quoi en penser.

Adamsberg posa sa fourchette, fouilla la poche poitrine de sa vieille veste noire et en sortit une boule grise de la taille d'une mandarine. Il la montra à son collègue puis la déposa doucement sur la table, entre eux deux.

— Dirais-tu que c'est un hippopotame ?

— Je ne serais pas aussi affirmatif. Un mulot, peut-être ?

— Il faut que je me renseigne parce que, avec ma sœur, il y a toujours un symbole caché. Elle est très emmerdante.

Les deux flics terminèrent leurs assiettes en silence, Deniaut de la pointe de la fourchette, Adamsberg avec de grands morceaux de pain.

La grosse femme bascula par-dessus le parapet du pont National jusqu'aux eaux noires de la Seine. Le fleuve coulait vite, poussé par un vent glacé. Personne dans les rues, personne pour voir ça. Cafés fermés, taxis absents, ville déserte. Noël est fête domestique, intérieure. Rien n'en filtre au-dehors. Même les irréductibles solitaires se regroupent dans une piaule avec deux bouteilles et quatre imbéciles. La solitude,

l'errance, supportable et même parfois crânement portée le reste de l'année, paraît brusquement un infamant déshonneur. Noël jette l'opprobre sur les esseulés. Aussi, avant minuit, chacun a-t-il trouvé refuge. La grosse femme bascula dans l'eau sans que personne ne s'en mêle.

Vers quatre heures du matin, Adamsberg abandonna sa table pour se faire un café. Depuis dix heures du soir, ils n'avaient eu à gérer que six alertes dans leur secteur. Deux hommes et une femme avaient été hospitalisés suite à des procédures de divorce entamées au cours du dîner de fête. Deux autres gars terminaient leur nuit au commissariat : un type bourré de vin rouge qui avait voulu à toute force sortir par une fenêtre du quatrième étage pour aller prendre une « bouffée d'air », et un boulanger, chargé d'un mélange rhum-somnifères, qui avait décidé de bousiller ses voisins de palier pour tapage nocturne. Les deux hommes avaient été maîtrisés sans résistance majeure et ils dormaient à présent dans la cage, au cœur du commissariat.

Un troisième homme, d'un genre anglais spécialement chic, sonné au whisky de qualité, avait été ramassé en travers d'un trottoir, élégamment endormi, les mains sous la nuque, ses lunettes, sa carte de transport et ses chaussures disposées avec soin à ses côtés. Il avait été collé dans la cellule de dégrisement avec les deux autres, mais il restait obstinément debout à réclamer un cintre depuis deux heures, afin d'y suspendre proprement son costume. La cage avait été passée au jet, et les bancs de ciment, le sol, les murs carrelés de blanc ruisselaient d'eau. Mesure hygiénique et coercitive que la lieutenant Brousse, une femme dure en affaires, avait appliquée sans états d'âme à neuf heures du soir. En passant avec son café, Adamsberg vit que le type bourré au vin rouge s'était réveillé. Il lui tendit le gobelet entre les barreaux.

— Buvez.

Le type hocha la tête, avala une gorgée, se racla bruyamment la gorge.

— Paraît que je voulais passer par la fenêtre ? demanda-t-il.

Adamsberg acquiesça.

— Paraît qu'on n'était pas au rez-de-chaussée à Issoudun ?

— À Paris, au quatrième étage.

— Oui, c'est ce qu'ils disaient. Et c'est peut-être vrai. Je me demande ce qu'ils avaient foutu dans le pinard. Tu le sais, toi, ce qu'ils avaient foutu dans le pinard ?

— Du pinard.

— Ah oui ? C'est déjà pas mal, remarque.

— Buvez, répéta Adamsberg.

— Je désirerais un cintre, commissaire, intervint l'homme chic sonné au whisky.

C'était un grand et beau type d'une quarantaine d'années, au visage romain, aux tempes grises, élégant et chancelant, digne et bourré.

— Il y a une patère sur le mur, dit Adamsberg.

— Ça déforme le col.

— Est-ce grave ?

— Ce n'est pas grave. Ça déforme le col.

— Allongez-vous, conseilla Adamsberg. Dormez. Bouclez-la. Foutez-nous la paix avec votre cintre.

— Les bancs sont inondés.

— C'est pour cela que je vous recommande de garder votre veste.

— Ça fait des dégâts sur le tissu.

— Vous avez vu ma veste ? Elle est un dégât en soi. Eh bien ça fait vingt ans que je vis dedans.

— J'ai vu. Mais vous êtes flic, pas moi.

— Danseur mondain ? demanda Adamsberg après un silence. Professeur de grammaire ?

— Je suis l'esthète qui flatte et corrige les vices de ce monde. Je guette les courbes et les contre-courbes de l'architecture de cette terre, au sol et au ciel.

— Je dirais que vous êtes surtout bourré.

— Je désirerais un cintre.

— Il n'y a pas de cintre.

Deniaut rejoignit Adamsberg devant la machine à café.

— Ce sera peut-être tout pour la nuit, dit-il. Pas si agité que cela, tout compte fait.

— On ne sera tranquilles que dans trois ou quatre jours, répondit Adamsberg. La nuit de Noël, il n'y a personne pour remarquer les cadavres, tu comprends ? C'est plus tard qu'ils surgissent. Faut que tout le monde ait dessoûlé. Ça prend un peu de temps. Ceux qui se trompent de fenêtre, ceux qui se trompent de porte, de lit, de trottoir, de femme, ceux qui cherchent leurs vestes, leurs hommes, leurs cintres, leurs hippopotames. Faut attendre un peu.

Le fleuve, puissant, grossi de toutes les pluies de l'automne, charria dans ses tréfonds le gros corps de la femme dans les nuits du 24 et du 25 décembre, le renfloua dans la soirée du 26 et l'abandonna à l'aube du 27 sous l'étroit pont de l'Archevêché, rive gauche.

Adamsberg reçut l'appel au matin, à presque neuf heures. C'est à peine si le jour arrivait à se lever.

Le commissaire, téléphone en main, hésita à prévenir le lieutenant Danglard. Danglard était inopérant le matin, et sensible à la violence. Adamsberg reposa doucement le combiné. Il foutrait la paix à Danglard. La vue du corps flotté serait certainement rude. La femme avait dû mourir il y a plus de deux jours, pendant la nuit de Noël. De cela, il était presque certain.

Adamsberg emmena Deniaut. Après tout, c'était avec lui qu'il avait commencé la veillée.

— Qu'est-ce que je t'avais dit ? commenta Adamsberg, les mains sur le volant. Qu'il fallait attendre.

— Rien ne dit qu'elle est morte le 24.

— Si, Deniaut. C'est comme ça, Noël, la foire aux désirs. Les interdits se déchirent, les barrières s'effondrent. Certains s'offrent un hippopotame, d'autres se paient la peau d'une femme.

Deniaut haussa les épaules.

— Si, reprit tranquillement Adamsberg. Tu vas voir.

Il gara la voiture sur le trottoir, souleva les bandes de plastique rouge et blanc qui barraient l'accès au quai de Montebello et descendit la volée de marches jusqu'au fleuve. Deniaut le suivit avec précautions dans l'escalier crasseux. Deniaut était un obsédé de la propreté, un paniqué des microbes et, depuis quatre années qu'il était entré dans la police, il priait pour que cela ne se remarque pas. Il enfila ses gants et rabattit son écharpe sur son nez. L'air était humide, le vent glacé. Devant lui, Adamsberg, mains nues, tête nue, veste ouverte et col déboutonné, avançait à pas tranquilles et réguliers. Ce type n'avait jamais froid, un peu comme le père Noël.

Adamsberg s'arrêta près du corps, serra des mains. Deux agents, le médecin légiste, les types du labo. Deniaut reconnut Vacher, le photographe sans peur, qui fouillait au plus profond des horreurs avec le groin de son appareil, sans bouger un cil. C'était souvent lui qu'on appelait dans les situations pénibles, il était devenu le préposé à l'immonde. Deniaut resta en arrière, le nez dans l'écharpe, contre le vent.

— Je dirais volontiers deux ou trois jours, disait le médecin légiste. Ça nous mettrait le décès dans la nuit du 24 au 25.

Adamsberg jeta un rapide regard à Deniaut. Deniaut lui fit un signe de tête en retour. Oui, entendu, la nuit de Noël, la nuit des brutes. Adamsberg était comme ça. Il savait des trucs avant tout le monde, on l'avait averti. Il suffisait de s'y faire, c'est tout, avait commenté Danglard en sifflant une bière.

— Je te confirmerai ça demain, continuait le médecin.

— À ton avis ?

— Suicide tout bête.

— Connais pas.

— La femme ?

— Non. Connais pas de suicide tout bête.

Le légiste haussa les épaules.

— Elle est morte par noyade, continua-t-il. Je te confirmerai.

— Son âge ?

— Dans les cinquante, soixante. Elle s'est jetée d'un pont. Il y a des contusions, elle s'est sans doute heurtée aux piles. Je veux dire qu'elle ne s'est pas lancée depuis la berge. Elle vient de l'amont, le fleuve l'a roulée.

— On peut la bouger ? demanda Adamsberg aux types du labo.

— C'est fini, on la retourne.

Adamsberg enfila une paire de gants et bascula le corps avec l'aide d'un des techniciens. Une grimace, un cillement passèrent sur son visage.

En silence, les deux hommes fouillèrent les vêtements. La femme portait une robe bleue ordinaire sous un manteau de fourrure. Dans les poches, des clefs, un porte-monnaie, aucun papier. Pas d'alliance, des bijoux voyants, un bracelet-montre en or.

— Ce n'est pas une tenue de soirée, dit Deniaut. Ce n'était peut-être pas le 24 ?

— C'était le 24, dit Adamsberg en se redressant.

— Il manque une chaussure.

— J'ai vu, mon vieux.

— Elle est dans l'eau.

— On va draguer le secteur. Deniaut, tu remontes le fleuve et tu inspectes la rive droite. Appelle Danglard pour qu'il te seconde sur la rive gauche. Je me charge des ponts. Elle a pu tomber du pont de Tolbiac, du pont National ou de plus loin encore, de Charenton. On cherche le sac à main, on cherche des papiers, on cherche qui c'est. Et on cherche la chaussure, comme pour Cendrillon.

— Pour Cendrillon, c'était l'inverse, intervint Deniaut avec discrétion. On avait la chaussure, mais on cherchait la femme.

— Admettons, dit Adamsberg.

Deniaut était non seulement vertueux, mais consciencieux. Il ne supportait pas l'approximation alors qu'Adamsberg en vivait.

— La chaussure a pu rester coincée en amont, reprit Deniaut.

— On ne va pas draguer la Seine jusqu'au mont Gerbier-de-Jonc, dit Adamsberg. On drague sous ce pont.

Le médecin pliait valise, on plaçait le corps sur une civière, on le couvrait d'une bâche plastique. Adamsberg s'était éloigné avec son portable et donnait ses consignes à voix lente. Puis il enfourna le téléphone dans sa veste, buta contre l'hippopotame de sa sœur et leva les yeux vers le pont.

— Ça va être ardu, attends-toi à ça, dit-il à Deniaut. Très ardu. Peut-être même qu'on ne trouvera pas.

— Je ne saisis pas.

— Le meurtre, expliqua Adamsberg en écartant les bras. C'est un meurtre sec, pur. C'est ce qu'il y a de plus dur à travailler, ça va résister comme du caillou.

— Un meurtre ?

— Mais la chaussure, Deniaut, merde.

— On a dit que la chaussure était dans la Seine.

— Tu l'as dit, dit Adamsberg en secouant la tête. Le corps a gonflé, et l'autre chaussure lui tient bien au pied. Celle qu'on cherche n'est pas dans la Seine. Elle est tombée pendant qu'on la balançait et le meurtrier l'a ramassée.

— Pas de preuve, dit Deniaut à voix basse.

— Non, pas de preuve. Dommage que l'autre chaussure ne veuille rien nous dire. Tu imagines, Deniaut, si cela se produisait ? Tout ce qu'on apprendrait sur les gens ? Presque tout, dans le fond. Peut-être que notre pensée tombe dans nos pieds.

Jean-Baptiste Adamsberg inspectait lentement son cinquième pont, le pont de Bercy, quand il reçut l'appel du service des disparus. Il s'abrita derrière le parapet et boucha son oreille droite d'un doigt.

— Parlez plus fort, mon vieux !

— Annie Rochelle, cria le flic. On l'a portée disparue ce matin, à huit heures trente.

— Qui l'a déclarée ?

— Sa voisine, une amie. Elle devait la rejoindre hier soir pour terminer les restes de Noël. Elle n'est pas venue. D'après la description, ça pourrait coller.

Trois heures plus tard, Adamsberg rejoignit Deniaut et Danglard dans un café de la rue de Vouillé, face au domicile de la morte. La femme avait été identifiée. Annie Rochelle, cinquante-six ans, célibataire, née à Lille.

— Qu'est-ce qu'on sait de plus ?

— Elle a grandi près de Lille, dans un petit village. À vingt ans, elle s'est employée comme femme de chambre à Paris. Il y a dix ans, son frère l'a sortie de là et lui a acheté l'Hôtel de la Garde, pas loin d'ici, trente-deux chambres. Le frère a du fric.

— Il vit à Paris ?

— Oui. Elle n'a pas d'autre famille.

— Le sac ? La chaussure ?

— Rien.

— À l'heure qu'il est, dit Danglard, la chaussure doit arriver sur Rouen.

Adamsberg secoua la tête en silence.

— Puisqu'on en parle, intervint Deniaut d'un ton hésitant, la Seine ne prend pas sa source au mont Gerbier-de-Jonc.

Adamsberg regarda le lieutenant, perplexe.

— Et c'est quoi qui prend sa source au mont Gerbier-de-Jonc ?

— La Loire, dit timidement Deniaut.

— C'est vrai, ça, Danglard ? La Loire ?

Danglard acquiesça.

— La Seine, reprit Deniaut à voix presque basse, prend sa source sur le plateau de Langres.

— Jamais entendu parler. Vous connaissiez ce truc du plateau de Langres, Danglard ?

— Oui, confirma Danglard.

Adamsberg hocha la tête, méditatif.

— De toute façon, reprit-il, la victime ne venait ni du plateau de Langres ni du mont Gerbier-de-Jonc. Elle venait de la rue de Vouillé. Terminez votre bière, Danglard, qu'on puisse monter chez elle.

— Derrière nous, dit Danglard en tendant le pouce, c'est le frère. Il revient de la morgue.

— Secoué ?

— Il semble.

— Ils se voyaient souvent ?

— Une ou deux fois par semaine.

— Parlez-moi de lui.

Danglard fouilla l'intérieur de son blouson, en sortit une fiche.

— Il s'appelle Germain Rochelle, il a été élevé dans ce village, près de Lille. Il a soixante-trois ans, il est célibataire. Comme la sœur, disons, mais en homme. Mais lui a fait du chemin. Import-export dans la conserverie de légumes, grosse usine à Lille, grosse fortune, installation en Suisse et retour il y a dix ans. Il vend l'affaire, réalise ses biens, prend sa retraite et vit de ses rentes à Paris.

— Largement ?

— Très. C'est à son retour en France qu'il a acheté cet hôtel pour sa sœur.

— Pourquoi pas plus tôt ?

— Elle vivait avec un gars qu'il détestait. Une crapule, d'après lui. Ils ne se sont pas vus pendant vingt ans, jusqu'à ce qu'elle quitte ce type.

— Le nom de ce type ?

— Guy Verdillon. Il était réceptionniste à l'hôtel où travaillait Annie.

— Qu'est-ce qu'elle a fait le soir du 24 ?

— Elle a dîné avec son frère dans un grand restaurant de la rue de l'Opéra. On a des témoins par camions. Il l'a raccompagnée, et l'a laissée au coin de sa rue, vers minuit.

Adamsberg jeta un coup d'œil au frère. C'était un type lourd avec des bras courts, engoncé dans un gros manteau gris, et qui penchait sa tête chauve vers ses mains.

La fouille de l'appartement d'Annie Rochelle commença vers cinq heures du soir, lente, monotone. On cherche le sac à main, avait dit Adamsberg. Il avait décroché du mur du salon un grand cadre composé d'une mosaïque de photos d'enfance. Écoles, communions, anniversaires, parents, première voiture, bains de mer. Germain Rochelle, assis lourdement sur une chaise en velours, le regardait faire. Adamsberg posa le grand cadre au sol.

— Ce n'est pas de l'indiscrétion, dit-il. J'ai besoin de me faire une idée de l'ensemble.

— Ce n'est pas un ensemble, répondit Rochelle. Ce sont mes parents.

Les flics quittèrent l'immeuble une heure plus tard, sans sac à main. Adamsberg tenait sous le bras le grand cadre de photos d'enfance. Rochelle suivait, voûté.

— On peut comprendre ? demanda Danglard avec un mouvement de menton en direction du cadre.

— Je ne sais pas, dit Adamsberg. J'aime bien ce truc. J'emmène Rochelle pour le procès-verbal. Allez à l'hôtel, questionnez tout le personnel et, surtout, trouvez-moi ce foutu sac.

Danglard rallia le commissariat en fin de soirée, après avoir enregistré les témoignages des onze employés de l'Hôtel de la Garde. Deniaut était passé vers vingt heures. Aucun pont, aucune berge n'avait révélé la moindre chaussure.

— Elle est avec le meurtrier, dit Adamsberg.

— Qui ? demanda Danglard.

— La chaussure.

Danglard secoua la tête, s'assit, laissa tomber ses épaules molles.

— Cette femme s'est tuée, dit-il. Les employés ont confirmé le témoignage du frère : Annie Rochelle dévalait la pente. Depuis l'automne, mélancolie, mutisme, brusquerie, insomnies et sautes d'humeur.

— À ce compte-là, tout le monde serait dans la Seine. La chaussure est avec le meurtrier. Et le sac aussi.

Danglard rongea son crayon, cracha quelques bribes de bois.

— La gérante dit qu'Annie Rochelle voulait retourner dans le petit bled de son enfance, près de Lille. Ce n'est pas un signe, ça ? Elle voulait revoir la…

Danglard s'interrompit, examina ses notes.

— … « la petite maison noire où elle avait grandi avec son frère ». Ce n'est pas un truc à se foutre à l'eau, ça ? La petite maison noire, dans le Nord ?

Danglard reposa ses feuillets sur la table, ouvrit une bière.

— Elle a sauté avec son sac, dit-il. Le sac est avec la chaussure. À l'heure qu'il est, ils ont quitté Rouen. Ils filent vers Le Havre.

— On ne se jette pas avec son sac, Danglard. On laisse une trace de soi. Une lettre sur un meuble, un sac sur un pont, une empreinte de son existence. Et ce foutu sac n'est nulle part. Le meurtrier l'a gardé.

— Pourquoi ?

— Pour le fouiller. Détruire des papiers, éviter des emmerdements.

— Je voudrais bien un cintre, dit soudain une voix grave et posée.

Danglard se retourna brusquement vers la cage.

— Il est revenu, celui-là ?

— Oui, dit Adamsberg en soupirant. À onze heures, il était écroulé au volant de sa voiture, raide mort. Il avait voulu faire une petite halte entre deux soirées. Il veut un cintre.

— Toujours ce foutu col, hein ?

— Toujours.

Adamsberg se dirigea lentement vers la cellule.

— J'ai oublié votre nom.

— Charles. Charles Sancourt.

— Charles. Buvez de la flotte. Allongez-vous. Dormez.

— Le cintre d'abord.

— Charles. J'ai un meurtre sur le dos. Un meurtre de Noël, la nuit primitive. Un truc très dégueulasse, bien plus dégueulasse qu'un col de veste déformé. Alors foutez-moi la paix. Dormez. Fermez votre gueule.

Charles posa sur le commissaire un lourd regard d'empereur romain déçu par sa garde prétorienne.

— Vous aviez pourtant les yeux d'un homme à piger que la sauvegarde des bricoles fonde l'éclosion des grandes choses. Entre le dérisoire et le grandiose, il n'y a même pas l'espace d'un ongle.

— Dormez, Charles.

Adamsberg revint à la table où Danglard annotait les rapports des interrogatoires de la journée.

— Est-ce qu'elle savait nager ? demanda-t-il.

— Ça n'a pas d'importance, répondit Danglard. La Seine est si froide qu'on ne peut pas se rater. Son manteau de fourrure, de toute façon, suffisait à la faire couler à pic.

— Justement.

— Elle s'est tuée. À Noël, tout le monde se tue, et quelques-uns en réchappent.

Adamsberg attrapa son carnet et griffonna quelques instants en silence.

— Quand on veut se balancer dans la Seine, Danglard, on ne se jette pas au-dessus d'une pile. On se jette *entre deux piles*, dans l'eau. Elle n'a pas sauté, jamais.

Danglard se mordit la lèvre. Il avait oublié cette affaire de contusions. Il s'imagina debout dans la nuit, sur le parapet, au-dessus du fleuve. Il se placerait entre deux piles, évidemment. Il regarda Adamsberg et fit un signe d'acquiescement.

— Le meurtrier la connaissait, continua le commissaire. C'est un homme. Il faut de la force pour assommer et basculer par-dessus bord une femme grosse comme Annie. En la poussant par les pieds, la chaussure lui est restée dans la main. Il l'a fourrée dans le sac et il s'est tiré.

— Pourquoi n'a-t-il pas jeté la chaussure à l'eau ?

— Ah.

Adamsberg crayonna encore quelques instants.

— Parce que la chaussure a été abîmée pendant le corps à corps, reprit-il à voix douce. Elle porte une trace de lutte, peut-être. Le tueur n'a pas pris de risque.

Danglard, le cou tendu, termina sa bière au goulot.

— Cette femme ne gênait personne, dit-il en reposant la bouteille. Le frère y tenait. À l'hôtel, elle n'était pas aimée, mais pas détestée.

— Elle avait du fric.

— C'est au frère que son fric revient. Et il a vingt fois plus de fric qu'Annie.

Adamsberg soupira, attrapa le grand cadre de photos qu'il avait calé au sol et l'examina en silence.

— Je veux pisser, dit la voix grave de l'homme en cage.

— Il y a un trou au fond, dit Danglard. Derrière le muret.

— Je ne veux pas pisser dans ce trou, dit Charles Sancourt. Je veux pisser aux toilettes. Et, si possible, j'aimerais qu'on me procure un cintre.

Danglard se leva, tendu, et Adamsberg l'arrêta d'un regard. Il posa le cadre sur la table et alla ouvrir la porte de la cellule.

— Accompagnez-le, Danglard, dit-il.

L'homme sortit de la cage d'un pas seigneurial et mouvant et suivit Danglard la tête haute. Adamsberg alla chercher trois cafés qu'il rapporta d'un pas lent. Depuis le seuil de son bureau, il vit Charles qui l'attendait, étirant ses bras, installé sur la chaise de son adjoint.

Adamsberg posa les cafés et retourna le cadre de photos, face contre table.

— Où est Danglard ? demanda-t-il.

— Il pisse sa bière, dit Charles.

D'une main, Adamsberg repoussa l'homme en cellule, boucla la serrure et lui tendit le café.

— Je vais vivre ici longtemps ? demanda Charles.

— Jusqu'au dessoûlement.

— Je peux dessoûler ailleurs.

— Pas quand on veut conduire. C'est comme ça que ça marche.

— Alors, j'accepterais volontiers un cintre.

— Merde.

— Je sais. Vous avez un meurtre sur les bras. Tant pis, je dormirai debout, comme les chevaux.

Et Charles ferma les yeux, droit comme une statue.

Adamsberg dépouilla attentivement le procès-verbal des interrogatoires. Danglard s'endormit.

Après une heure, le commissaire secoua son adjoint.

— Un amant ? demanda-t-il. On vous a parlé d'un amant ?

— Non. Rien d'autre que ce Guy, le réceptionniste qui a disparu.

— On doit trouver ce type.

— Il n'est plus en France. On peut mettre des mois à le localiser.

— On reconvoque le frère demain. Il peut nous parler de lui.

— Il l'a déjà fait.

— Il y a des choses qu'il ne dit pas. J'en suis certain, Danglard. Ce type a le cul calé sur un mensonge.

— Bravo, dit soudain Charles.

Adamsberg tourna la tête vers la cellule où l'homme, debout, le regardait, bras croisés.

— Tu ne dors toujours pas ? Avec tout ce que t'as dans le corps ?

— Question de métier, d'endurance, chacun son boulot.

— On le vire de là, dit soudain Danglard, bourré ou pas bourré. Je ne supporte plus ce dandy.

— Bravo quoi ? demanda Adamsberg.

— Le frère ment, dit Charles.

Adamsberg appuya sa main sur l'épaule de Danglard pour le maintenir assis et s'approcha de la cage.

— Le cintre d'abord, dit Charles en tendant une main ferme à travers les barreaux. La vérité ensuite.

— Attention, dit Danglard. Demain, il dit tout à la presse et vous aurez l'air d'un con.

— Ça m'arrive souvent, dit Adamsberg.

— Le cintre d'abord, répéta Charles, la main toujours tendue.

— Allez lui chercher ça au vestiaire, dit Adamsberg en regardant Danglard. Prenez le grand cintre en bois.

Furieux, Danglard quitta la salle avec bruit et revint deux minutes plus tard avec un cintre qu'il jeta sur la table.

Adamsberg le prit et le déposa dans la main tendue. Charles ôta sa veste, son pantalon, plia le tout proprement et accrocha le cintre à la patère. Puis, en chemise blanche et caleçon, il s'assit sur le banc humide et fit un signe à Adamsberg.

— Entrez, commissaire. Et apportez-moi ce cadre de photos. Vous me pardonnerez si le banc est humide, il y a ici des agents scrupuleux qui veillent exagérément au confort des détenus.

Adamsberg s'assit, et Charles attrapa le grand cadre.

— Ici, dit-il, en posant son doigt sur une des photos, voici le frère, vers onze ans, posant sur une pelouse avec ses compagnons de première communion. Nous sommes d'accord ?

Adamsberg hocha la tête.

— Et là, dit Charles en déplaçant son doigt, c'est un oiseau qui passe dans le ciel.

Charles reposa le cadre au sol.

— C'est une photo de professionnel, continua-t-il. On voit distinctement l'oiseau, un merle à plastron, *Turdus torquatus alpestris*. Un mâle, très reconnaissable au croissant blanc qui barre son jabot.

— Ah, dit Adamsberg d'une voix plate. Je veux bien vous croire.

— Vous pouvez.

— Allez-y, mon vieux, dit Adamsberg. Continuez. Moi, j'ai donné le cintre.

— Cette variété ne vit que dans le sud-est de la France. On ne l'a jamais observée au nord de la Loire. Cette photo n'a pas été prise à Lille. Cet homme n'a pas grandi à Lille. Il ment.

Adamsberg resta plusieurs secondes silencieux, sans bouger, les bras sur le ventre, les jambes allongées, les fesses glacées par l'humidité du banc.

— On dirait que le frère n'est pas le frère, hein ? dit-il.

— Mais il aurait voulu qu'on le pense, répondit Charles. Tout ce cadre n'est qu'un montage, un trucage.

Danglard entra à son tour dans la cage, avec une nouvelle bière, et s'assit sur le banc d'en face.

— Où serait le frère ? demanda-t-il. En Suisse ?

Adamsberg reprit le cadre, examina de près le visage du garçon.

— Mort, dit Adamsberg. Ce type-là est l'amant, le réceptionniste. Elle et lui se sont débarrassés du frère il y a dix ans, ils ont pris son nom et son fric. Ils ont acheté l'hôtel.

Charles hocha la tête.

— Qu'est-ce que vous pensez de ce système des bancs trempés ? demanda-t-il à Danglard.

— Je pense que ça gèle le cul. Système de flic.

— Pas très convivial, si ?

— Inconfort et humiliation, dit Danglard, telle est l'idée maîtresse de la cellule de dégrisement. Plus dégueulasse est l'idée, plus longtemps elle dure. Vous êtes journaliste ?

— Ornithologue.

— Évidemment, dit Adamsberg.

Le commissaire se leva lentement, passa ses mains sur son pantalon glacé. Il récupéra le cadre, examina le très petit croissant blanc qui ornait le jabot de l'oiseau en vol.

— La petite bricole, dit-il, fonde le grand truc du truc.

— C'est cela, dit Charles.

On arrêta Germain Rochelle — c'est-à-dire Guy Verdillon — à l'aube. Il craqua à onze heures dix, sous l'œil attentif de Charles Sancourt qui, les mains accrochées aux barreaux, toujours en chemise et caleçon, avait obtenu le droit tacite d'assister à l'interrogatoire.

Mobile du meurtre d'Annie Rochelle ? Engueulade, fric et chantage, mais Verdillon ne voulut jamais l'admettre. L'homme s'en tint farouchement à une seule version : il avait basculé sa complice dans la flotte parce qu'elle l'emmerdait. Danglard trouva l'argument faible. Non, dit Adamsberg. Pour une nuit de Noël, cela n'avait rien de surprenant.

Noël, la nuit primitive.

Vers une heure, Charles quitta le commissariat, le col net et les fesses trempées.

— On a oublié de lui rendre son cintre, dit Adamsberg.

Il le décrocha de la patère et rattrapa d'un pas vaguement pressé l'homme au plastron blanc qui s'engageait dans la rue.

— Ce n'est pas son cintre, objecta Danglard, pour la forme.

Il savait très bien ce qu'Adamsberg lui répondrait. Il répondrait : « Mais si, c'est son cintre. » Contrarier Adamsberg, c'était son boulot. Un petit boulot, sans doute. Mais le petit truc du dérisoire fonde le grand truc du truc. Une histoire comme ça. Et cette histoire, Danglard la savait depuis longtemps.

CINQ FRANCS PIÈCE

C'était fini, il n'en vendrait plus une seule ce soir. Trop froid, trop tard, les rues s'étaient vidées, il était presque vingt-trois heures à la place Maubert. L'homme obliqua sur sa droite, poussant devant lui son chariot, bras tendus. Ces foutus chariots de supermarché n'étaient pas des instruments de précision. Il fallait toute la force des poignets et une sacrée connaissance de l'engin pour le maintenir dans le droit chemin. C'était buté comme un âne, ça roulait de travers, ça résistait. Il fallait lui parler, l'engueuler, le bousculer, mais, comme l'âne, ça permettait de trimballer une bonne quantité de marchandises. Buté, mais loyal. Il avait appelé son caddie Martin, par déférence pour tout le boulot qu'avaient abattu les ânes d'antan.

L'homme gara son chariot auprès d'un poteau et l'attacha avec une chaîne, à laquelle il avait accroché une grosse cloche. Gare au fils de fumier qui voudrait lui piquer son chargement d'éponges pendant son sommeil, il trouverait à qui parler. Des éponges, s'il en avait vendu cinq dans la journée, c'était le bout du monde. Ça lui faisait vingt-cinq francs, plus les six francs de reste d'hier. Il sortit son duvet d'un sac suspendu sous le ventre du caddie, se coucha sur la bouche de métro et s'enroula bien serré. Impossible d'aller se réchauffer dans le métro, il aurait fallu abandonner le chariot en surface. C'est comme ça, quand on a un animal, cela demande des sacrifices. Jamais il n'aurait laissé Martin seul dehors. L'homme se demanda si son arrière-grand-père, quand il allait de ville en ville avec son âne, était obligé de coucher près de sa bête dans les champs de chardons. De toute façon, c'était égal, parce qu'il n'avait pas eu d'arrière-grand-père, ni quoi que ce soit de ce genre, de ce genre familial. Mais ça n'empêche pas d'y penser. Et quand il y pensait, il imaginait un vieux type avec un âne, qui s'appelait Martin. Que transportait l'âne ? Des harengs salés peut-être, ou des draps d'Elbeuf, ou des peaux de mouton.

Lui, il en avait trimballé des trucs à vendre. Tellement de trucs qu'il avait tué à la tâche trois chariots sous lui. Cet âne-ci était le quatrième d'une longue lignée. C'était le premier qui portait des éponges. Quand il avait découvert cette mine d'éponges à l'abandon dans un hangar de Charenton, il s'était cru sauvé. 9 732 éponges végétales, il les avait comptées, il était calé pour les chiffres, c'était de naissance. Multiplié par cinq francs. On ne pouvait pas monter le prix, parce que les éponges n'avaient pas bonne allure. Égal 48 660 francs, un mirage, une rivière.

Mais depuis quatre mois qu'il transvasait ses éponges depuis le hangar de Charenton jusqu'à Paris et qu'il poussait Martin dans toutes les rues de la capitale, il en avait vendu exactement 512. Personne n'en voulait, personne ne s'arrêtait, personne ne regardait ses éponges, ni son chariot, ni lui. À ce rythme, il lui faudrait 2 150,3 jours pour écluser le hangar, soit six années virgule dix-sept à traîner son âne et sa carcasse. Les chiffres, ça avait toujours été son truc. Mais ses éponges, tout le monde s'en foutait, à part cinq personnes par jour. Ça ne fait pas beaucoup, cinq personnes, merde, sur deux millions de Parisiens.

Serré dans son duvet, couché en chien de fusil, l'homme calculait le pourcentage de Parisiens acheteurs d'éponges. Il regarda un taxi s'arrêter à sa hauteur, une femme en sortir, les jambes très fines, puis son manteau, en fourrure blanche. Certainement pas une femme à entrer dans le pourcentage. Peut-être ne savait-elle même pas ce que pouvait bien être une éponge, comment ça se gonflait, comment ça se pressait. Elle le contourna sans le voir, traversa, longea le trottoir opposé, composa un code à l'entrée d'un immeuble. Une voiture grise passa doucement, l'éclaira dans le rayon de ses phares, freina près d'elle. Le conducteur descendit, la femme se retourna. Le vendeur d'éponges fronça les sourcils, en alerte. Il savait reconnaître les types qui s'en prennent aux femmes et ce ne serait pas la première ni la dernière fois qu'il en bousillerait un. À force de diriger des chariots lourds et rétifs, il s'était fait des poings de débardeur. Il y eut trois coups de feu et la femme s'écroula à terre. Le tueur se rencogna dans la voiture, embraya et disparut.

Le vendeur d'éponges s'était écrasé aussi plat que possible sur la bouche de métro. Un vieux tas de fringues abandonnées dans le froid, c'était tout ce que l'assassin avait vu de lui, s'il l'avait seulement vu. Et pour une fois, cette atroce transparence qui échoit aux sans-grade lui avait sauvé la peau. Il se tortilla en tremblant hors du sac de couchage, le roula en boule et

l'enfourna dans le sac plastique, sous le ventre du caddie. Il s'approcha de la femme, se pencha vers elle dans l'obscurité. Du sang souillait le manteau de fourrure, on aurait dit un jeune phoque sur la banquise. Il s'agenouilla, ramassa le sac à main et l'ouvrit rapidement. Des lumières s'allumaient aux fenêtres, trois, puis quatre. Il jeta le sac à terre et courut à son caddie. Les flics allaient rappliquer, c'était une question de minutes, les gars étaient des rapides. Fébrilement, il fouilla dans ses poches à la recherche de la clef de son antivol. Pas dans le pantalon, pas dans la veste. Il fouilla encore. Courir ? Abandonner Martin ? Est-ce qu'on faisait un truc pareil à un compagnon aussi fidèle et dur à la tâche qu'avait été ce chariot ? Il retourna ses huit poches, tâta sa chemise. Les flics, bon sang, les flics et leurs questions. D'où venaient les éponges ? D'où venait le chariot ? D'où venait l'homme ? De rage, il tira sur le caddie pour tenter de l'arracher au poteau métallique, et la cloche résonna dans la nuit, stupide et gaie. Et très vite, une sirène et des pas de course, et puis des voix brèves, l'efficace et maudite énergie de la flicaille. L'homme se pencha sur son chariot, enfonça ses bras au cœur des éponges et les larmes lui montèrent aux yeux.

Dans la demi-heure qui suivit, toute une masse de flicaille lui était tombée dessus. D'un côté il était un type important, le seul témoin de la tuerie, et on le ménageait, on le questionnait, on lui demandait son nom. D'un autre il n'était qu'un vieux tas de fringues récalcitrant et on le secouait, on le menaçait. Et pire, on entendait l'embarquer au commissariat, seul, et lui s'accrochait de toutes ses forces au caddie en criant que si on n'emportait pas le chariot, il ne dirait pas un mot de ce qu'il avait vu, plutôt crever. Il y avait à présent dans la rue des projecteurs, des voitures à gyrophares, des photographes, une civière, du matériel partout, des murmures inquiets, des téléphones.

— Qu'on escorte ce gars à pied jusqu'au commissariat, dit une voix pas loin de lui.

— Avec son caddie plein de merde ? demanda une autre voix.

— J'y compte. Faites sauter le cadenas. Je vous rejoins dans vingt minutes.

L'homme aux éponges se retourna et regarda quelle sorte de flicaille avait donné cet ordre.

À présent, il était assis face à lui, dans un bureau mal éclairé. Le caddie avait été garé dans la cour du commissariat, entre deux grosses voitures, sous l'œil inquiet de son propriétaire.

Et maintenant il attendait, voûté sur sa chaise, un gobelet de café dans une main, son sac plastique serré sur ses genoux.

Les téléphones avaient beaucoup sonné, il y avait eu toutes sortes d'allées et venues, de l'empressement, des consignes, des ordres. Un branle-bas de combat général parce qu'une femme en fourrure s'était fait descendre. Sûr que si ça avait été Monique, la dame du kiosque qui lui laissait lire les nouvelles tous les matins à condition expresse de ne pas ouvrir le journal jusqu'à la pliure, si bien qu'il ne connaissait du monde qu'une moitié longitudinale sans jamais atteindre au cœur, sûr que si ça avait été Monique, il n'y aurait pas dix flics en train de courir d'un bureau à l'autre, comme si tout le pays basculait à la mer. On aurait attendu paisiblement l'heure du café pour se traîner jusqu'au kiosque constater les dégâts. Et on n'aurait pas téléphoné à tout l'univers. Tandis que pour la femme en blanc, on avait

98

réveillé la moitié de la capitale, à ce qu'il semblait. Pour cette petite femme qui n'avait jamais pressé une éponge.

Le flic avait à présent reposé tous les téléphones. Il se passait une main sur la joue, parlait à voix basse à son adjoint, puis le regardait longuement, comme s'il essayait de deviner toute sa vie sans rien demander. Il s'était présenté, commissaire principal Jean-Baptiste Adamsberg. Il lui avait demandé ses papiers, on lui avait pris ses empreintes. Et maintenant le flic le regardait. Il allait le questionner, il allait le faire causer, lui faire dire tout ce qu'il avait vu, depuis son ras de trottoir. Compte là-dessus. Il était le témoin, le témoin unique, inespéré. On ne l'avait pas secoué, on l'avait débarrassé de sa veste, on l'avait assis avec un café chaud. Tu penses. Le témoin, l'objet rare, le bibelot. On allait le faire causer. Compte là-dessus.

— Vous dormiez ? demanda le commissaire. Quand cela s'est produit, vous dormiez ?

Le flic avait une voix douce, intéressante, et l'homme aux éponges leva les yeux au-dessus de son café.

— J'allais dormir, précisa-t-il. Mais on est toujours dérangé.

Adamsberg tourna sa carte d'identité entre ses doigts.

— Toussaint, Pi. C'est votre prénom, « Pi » ?

L'homme aux éponges se redressa.

— Mon prénom s'est dissous dans le café, dit-il avec une certaine fierté. C'est tout ce qu'il en est resté.

Adamsberg le regarda sans répondre, attendant la suite, que l'homme récita comme un poème de toujours.

— À la Toussaint, ma mère m'a porté à l'Assistance. Elle a mis mon nom sur le grand registre. Quelqu'un m'a pris dans ses bras. Quelqu'un d'autre a posé sa tasse sur le grand registre. Le prénom s'est effacé, dans le café, il n'en est resté que deux lettres. Mais « sexe masculin », ça ne s'était pas dissous. C'était de la veine.

— Ce devait être « Pierre » ?

— Il ne restait que « Pi », dit l'homme fermement. Ma mère avait peut-être écrit « Pi ».

Adamsberg hocha la tête.

— Pi, confirma-t-il. Ça fait longtemps que vous vivez dehors ?

— Avant, j'étais coutelier, j'allais de ville en ville. Ensuite j'ai vendu des bâches, des détachants, des pompes à vélo, des chaussettes en fil. À quarante-neuf ans, j'étais sur le trottoir, avec un stock de montres de plongée gorgées d'eau.

Adamsberg regarda à nouveau la carte d'identité.

— Ça fait le dixième hiver, conclut Pi.

Puis il se tendit, se préparant à la rafale de questions usuelles sur l'origine des marchandises. Mais rien ne vint. Le commissaire se redressa sur sa chaise, passa ses mains sur son visage, comme pour le déplier.

— Y a du grabuge, pas vrai ? demanda Pi avec un demi-sourire.

— Un grabuge comme vous n'en avez pas idée, répondit Adamsberg. Tout repose sur vous, sur ce que vous allez nous dire.

— Est-ce qu'il y aurait un pareil grabuge, si c'était Monique ?

— Qui est Monique ?

— La dame du kiosque, plus haut sur l'avenue.

— Vous voulez la vérité ?

Pi hocha la tête.

— Eh bien, pour Monique, ce ne serait pas du tout le même genre de grabuge. Ce serait un grabuge tout ce qu'il y a de discret, avec une bonne petite enquête. Il n'y aurait pas deux cents types qui attendent de savoir ce que vous avez vu.

— Elle, elle ne m'a pas vu.

— Elle ?

— La femme en fourrure. Elle a fait le tour de moi comme d'un tas de guenilles. Elle ne m'a même pas vu. Alors pourquoi je l'aurais vue, moi ? Il n'y a pas de raison, donnant, donnant.

— Vous ne l'avez pas vue ?

— Juste un tas de fourrure blanche.

Adamsberg se pencha vers lui.

— Mais vous ne dormiez pas. Les coups de feu ont dû vous alerter, non ? Trois coups de feu, ça fait du bruit.

— C'était pas mon affaire. J'ai un chariot à surveiller, moi. J'ai pas tout le quartier à m'occuper.

— Il y a vos empreintes sur son sac à main. Vous l'avez ramassé.

— J'ai rien pris dedans.

— Mais vous vous êtes approché d'elle après la fusillade. Vous avez été voir.

— Et après ? Elle est descendue d'un taxi, elle a contourné mon tas de guenilles, un type est arrivé en bagnole, il a tiré trois coups dans le tas de fourrure et basta. J'ai rien vu d'autre.

Adamsberg se leva, fit quelques pas dans la pièce.

— Tu ne veux pas aider, c'est cela ?

Pi plissa les yeux.

— Vous me tutoyez ?

— Les flics tutoient. Ça augmente le rendement policier.

— À ce compte-là, je pourrais tutoyer aussi ?

— Toi, tu n'as aucune raison de le faire. Tu n'as pas de rendement, puisque tu ne veux rien dire.

— Vous allez me cogner dessus ?

Adamsberg haussa les épaules.

— J'ai rien vu, dit Pi. C'est pas mon affaire.

Adamsberg s'adossa au mur, le regarda. Le type était assez amoché, par le manque, par le froid, par le vin, qui lui avaient labouré le visage et creusé le corps. Sa barbe était encore à moitié rousse, taillée aux ciseaux au plus près des joues. Il avait un petit nez de fille, et des yeux bleus cernés de rides, expressifs et rapides, qui hésitaient entre la fuite et l'armistice. Pour un peu, le type aurait posé son sac au sol, étendu les jambes, et on aurait discuté là un bon petit moment, comme deux vieilles connaissances dans un wagon de train.

— On peut fumer ? demanda Pi.

Adamsberg acquiesça et Pi lâcha d'une main son sac en plastique, d'où dépassait un vieux duvet bleu et rouge, pour tirer une cigarette de la poche de sa veste.

— C'est minable, dit Adamsberg sans bouger de son mur, ton histoire du tas de guenilles et du tas de fourrure, du pot de terre et du pot de fer. Tu veux que je te raconte ce qu'il y a sous les guenilles et sous les fourrures ? Ou tu ne te souviens plus ?

— Il y a un type cradingue qui vend des éponges et une femme propre qu'en a jamais acheté de sa vie.

— Il y a un homme dans la merde qui sait des tas de trucs, et une femme dans le brouillard avec trois balles dans le corps.

— Elle n'est pas morte ?

— Non. Mais si on n'attrape pas le tueur, il remettra ça, tu peux en être sûr.

L'homme aux éponges fronça les sourcils.

— Pourquoi ? demanda-t-il. Si on avait attaqué Monique, on recommencerait pas le lendemain.

— On a dit que ce n'était pas Monique.

— C'est quelqu'un d'important, pas vrai ?

— Quelqu'un de placé tout là-haut, dit Adamsberg en levant l'index, pas loin du ministère de l'Intérieur. D'où le grabuge.

— Eh ben, ce n'est pas le mien, dit Pi en haussant le ton. Je m'en balance du ministère et je m'en balance de leur grabuge. Moi, mon grabuge, c'est de vendre 9 732 éponges. Et personne n'en a rien à foutre, de mes éponges. Et personne ne me file un coup de main. Et personne, tout là-haut là-haut, ne se demande comment on pourrait bien faire pour que je ne me gèle pas les couilles à longueur d'hiver. Et moi, il faudrait que je les aide ? Que je fasse leur boulot et que je les protège ? Et qui c'est qu'a les éponges sur le dos, c'est eux ou c'est moi ?

— Vaut peut-être mieux avoir 9 732 éponges sur le dos que trois balles dans le corps.

— Ouais, ben c'est pas certain, des soirs. Et vous voulez que je vous dise, commissaire ? Oui, j'ai vu des trucs. Oui j'ai vu le gars tirer, oui j'ai vu sa bagnole !

— Je sais déjà que tu as vu tout ça, Pi.

— Ouais ?

— Ouais. Quand on est dehors, on surveille tout ce qui s'approche, surtout au moment de s'endormir.

— Eh bien vous leur direz, tout là-haut là-haut, que Toussaint Pi, il a des éponges à vendre, et il a autre chose à faire que dépanner les femmes en manteau blanc !

— Et les femmes tout court ?

— C'est pas une femme tout court.

Adamsberg traversa la pièce, s'arrêta devant Pi, les mains enfoncées dans ses poches.

— Mais on s'en fout, Pi, dit-il lentement, on s'en contrefout, de ce qu'elle est. On s'en fout de son manteau, de son ministère et de tous ces types qui se chauffent les fesses sans penser aux tiennes. C'est leur merde, c'est leur turpitude, et ce n'est pas ce soir qu'on va la nettoyer en trois coups de tes éponges. Parce que c'est de la crasse si vieille qu'elle a fait des montagnes. Des crassiers, cela s'appelle. T'es un con, Pi, et tu veux que je te dise pourquoi ?

— J'y tiens pas.

— Ces crassiers, imagine-toi qu'ils ne se sont pas faits tout seuls.

— Sans blague ?

— Ils se sont faits sur l'idée qu'il y a sur terre des gens plus importants que les autres. Qu'il y en a eu, et qu'il y en aura. Et je vais t'en apprendre une fameuse : c'est faux. Personne n'est plus important. Mais toi, Pi, tu le crois, et c'est pourquoi t'es aussi con que les autres.

— Mais je crois rien, moi, merde.

— Si. Tu crois que cette femme est importante, plus importante que toi, alors tu te tais. Mais moi, ce soir, je te parle juste d'une femme qui va mourir et de rien d'autre.

— Des blagues.

— Toute vie vaut toute vie, que ça t'arrange ou pas. La sienne, la tienne, la mienne et celle de Monique. Ça nous fait déjà quatre. Tu ajoutes les six milliards qui restent et t'as le compte de tout ce qui compte.

— Des blagues, répéta Pi. Des idées.

— Je vis d'idées.

— Eh bien moi, je vis d'éponges.

— Ce n'est pas vrai.

Pi se tut et Adamsberg se rassit à sa table. Après plusieurs minutes de silence, il se leva et enfila sa veste.

— Viens, dit-il, on va marcher.

— Avec ce froid ? Je suis bien, moi, ici, je suis au chaud.

— Je ne peux pas penser sans marcher. On va descendre dans le métro. Marcher sur les quais, ça donne des idées.

— De toute façon, j'ai rien à vous dire.

— Je sais.

— De toute façon, il va fermer, le métro. Ils vont nous foutre dehors, je connais la musique.

— Ils ne me foutront pas dehors.

— Privilèges.

— Ouais.

Sur le quai désert de la station Cardinal-Lemoine, direction Austerlitz, Adamsberg marchait à pas lents en silence, tête baissée, et Pi, plus rapide, essayait de se mettre à son rythme, car ce flic, quoique flic et déterminé à sauver la peau de la femme en manteau, était tout de même un type de bonne compagnie. Et la compagnie est ce qu'il y a de plus rare quand on pousse son chariot. Adamsberg regardait une souris courir entre les rails.

— En fait, dit soudain Pi, en faisant passer son duvet d'un bras sous l'autre, j'en ai aussi, des idées.

— Sur quoi ?

— Sur les ronds. C'est de naissance. Au hasard, le bouton de votre veste, vous avez idée de sa circonférence ?

Adamsberg haussa les épaules.

— Je ne sais pas si j'avais remarqué ce bouton.

— Moi si. Et ce bouton, je dirais qu'il fait cinquante et un millimètres de tour.

Adamsberg s'arrêta de marcher.

— Et ça avance à quoi ? demanda-t-il avec sérieux.

Pi secoua la tête.

— C'est pas la peine d'être flic pour ne pas piger que c'est la clef du monde. Quand j'étais petit, à l'école de l'Assistance, on m'appelait 3,14. Vous saisissez la blague ? Pi ? 3,14 ? Le diamètre du cercle multiplié par 3,14 égale la circonférence ? Eh bien cette blague, ça a été la grande affaire de ma vie. Comme quoi, c'était peut-être un sacré coup de veine si mon nom s'était dissous dans le café. Je suis devenu un nombre, et pas n'importe quel nombre, attention.

— Je comprends, dit Adamsberg.

— Vous ne pouvez pas vous faire une idée de tout ce que je sais. Parce que pi, ça fonctionne avec n'importe quel rond. C'est un Grec qui a trouvé ça dans le temps. C'était des malins, les Grecs. Ta montre, tu veux savoir le tour de ta montre si des fois ça t'intrigue ? Ton verre de pinard, si tu veux savoir quelle circonférence t'as bue ? La roue de ton chariot, le tour de ta tête, le tampon de la mairie, le trou de ta chaussure, le milieu de la pâquerette, le cul de la bouteille, la pièce de cinq balles ? Le monde, il est fait que de ronds. Vous y aviez pensé, à ça ? Eh bien moi, Pi, je les connais tous, ces ronds. Posez-moi une colle si vous ne me croyez pas.

— La pâquerette ?

— Avec les pétales ou juste le cœur jaune ?

— Le cœur.

— Douze millimètres vingt-quatre. On parle déjà d'une assez grosse pâquerette.

Pi fit une pause, le temps que l'information soit appréciée à sa pleine valeur.

— Ouais, reprit-il en hochant la tête. C'est ma destinée. Et c'est quoi, le plus grand rond, le rond ultime ?

— Le tour de la Terre.

— Tout juste, je vois que vous me suivez. Et personne ne peut savoir le tour de la Terre sans en passer par Pi. C'est l'astuce. C'est comme ça que je me suis retrouvé la clef du monde. Vous me direz, à quoi ça m'a mené ?

— Si tu résolvais mon affaire comme tu résous les ronds, ce serait déjà quelque chose.

— J'aime pas son diamètre.

— J'avais compris.

— C'est quoi son nom, à la femme ?

— Pas de nom. Interdit.

— Ah bon ? Elle aussi, elle a perdu son nom ?

— Oui, dit Adamsberg en souriant. Il ne lui en reste même pas le début.

— Ben, on va lui donner un nombre alors, comme à moi. Ce sera tout de même plus charitable que de dire « la femme ». « 4.21 », on va l'appeler, parce que, elle, elle a tiré le gros lot.

— Si tu veux. Disons 4.21.

Adamsberg conduisit Pi à un petit hôtel situé à trois rues du commissariat. Il rejoignit son bureau à pas lents. Un émissaire du ministère l'y attendait depuis une demi-heure, ulcéré. Adamsberg le connaissait, c'était un jeune type brillant, offensif et trouillard.

— Je questionnais le témoin, dit Adamsberg en déposant sa veste en tas sur une chaise.

— Il vous en faut du temps, commissaire.

— Oui.

— Vous avez appris quelque chose ?

— La circonférence du cœur d'une pâquerette. D'une assez grosse pâquerette.

— On n'a pas le temps de se distraire, je pense qu'on vous l'a bien fait comprendre ?

— Le type est difficile et il a des raisons de l'être. Mais il sait des tas de choses.

— Il y a urgence, commissaire, et j'ai des ordres. On ne vous a pas enseigné que n'importe quel type « difficile » se travaille en moins d'un quart d'heure ?

— Si.

— Qu'est-ce que vous attendez ?

— De l'oublier.

— Vous savez que je peux vous enlever l'affaire ?

— Ce n'est pas en lui cognant dessus que vous le ferez parler.

Le sous-secrétaire posa son poing sur la table.

— Alors comment ?

— Il ne s'occupera de nous que si on s'occupe de lui.

— Et qu'est-ce qu'il veut, bon sang ?

— Faire sa vie, vendre ses éponges. 9 732 éponges pourries, à cinq francs pièce.

— C'est tout ? Mais il n'y a qu'à les lui acheter, ses foutues éponges !

Le sous-secrétaire fit un rapide calcul mental.

— Vous aurez les cinquante mille francs ce matin, à huit heures, dit-il en se levant. Et c'est une faveur que je vous fais, croyez-moi, au vu de vos états de service. Je veux les informations à dix heures au plus tard.

— Je crois que vous n'avez pas bien compris, monsieur le sous-secrétaire, dit Adamsberg sans bouger de sa chaise.

— Quoi donc ?

— L'homme ne veut pas qu'on l'achète. *Il veut vendre ses éponges.* 9 732 éponges. À des gens. À 9 732 personnes.

— Vous rigolez ou quoi, commissaire ? Vous vous figurez peut-être que je vais vendre les éponges de ce gars ? Que je vais envoyer tous les agents de l'État démarcher dans les rues ?

— Ça ne collerait pas, dit tranquillement Adamsberg. *Il veut vendre ses éponges.* Lui-même.

Le sous-secrétaire se pencha vers Adamsberg.

— Dites-moi, commissaire, est-ce que par hasard les éponges de ce gars vous inquiéteraient plus que la sauvegarde…

— … de 4.21, compléta Adamsberg. C'est son nom de code ici. On ne prononce pas son véritable nom.

— Oui, c'est mieux, dit le sous-secrétaire en baissant brusquement la voix.

— J'ai une sorte de solution, dit Adamsberg. Pour les éponges et pour 4.21.

— Qui marcherait ?

Adamsberg hésita.

— Peut-être, dit-il.

À sept heures trente du matin, le commissaire frappa à la porte de la chambre de Toussaint Pi. Le vendeur d'éponges était debout, et ils descendirent au bar de l'hôtel. Adamsberg servit le café, lui tendit la corbeille de pain.

— Il y avait une sacrée douche dans ma chambre, dit Pi. Vingt-six centimètres de circonférence de jet, à la racine. Ça vous fouette un homme. Elle va comment ?

— Qui ?

— Eh bien, 4.21.

— Elle s'en sort. Elle est surveillée par cinq flics. Elle a dit quelques mots, elle ne se souvient de rien.

— Le choc, dit Pi.

— Oui. J'ai eu une sorte d'idée, cette nuit.

— Et moi, j'ai eu une sorte de rendement.

Pi mordit dans sa tartine puis fouilla dans la poche de son pantalon. Il posa un papier plié en quatre sur la table.

— Je vous ai tout marqué là-dessus, dit-il. La gueule du gars, sa dégaine, ses fringues, la marque de sa bagnole. Et puis le numéro de sa plaque.

Adamsberg posa sa tasse et leva les yeux vers Pi.

— Tu savais le numéro de sa plaque ?

— Les chiffres, c'est mon truc. C'est de naissance.

Adamsberg déplia le papier et le parcourut rapidement.

— Merci, dit-il.

— Pas de quoi.

— Je vais téléphoner.

Adamsberg revint à la table quelques minutes plus tard.

— C'est parti, dit-il.

— Tu penses, avec le numéro, ça va être du billard pour vous autres. Vous pincerez le gars dans la journée.

— J'ai eu une sorte d'idée cette nuit, pour vendre tes éponges.

Pi fit une grimace, avala une gorgée de café.

— Ouais, moi aussi, dit-il. Je les fourre dans un chariot, je le pousse à longueur d'année et je demande aux gens de me les acheter cinq francs pièce.

— Une autre sorte d'idée.

— Plus la peine. Vous avez les infos maintenant. C'était une bonne idée ?

— Une idée bizarre.

— Une ruse de flic ?

— Une ruse d'homme : donne quelque chose en échange des cinq francs.

Pi posa ses mains sur la table.

— Ben ils ont l'éponge ! Dites donc, vous me prenez pour un malhonnête ?

— Elles sont pourries, tes éponges.

— Pour ce qu'on en fait, hein ? Les écrabouiller dans de l'eau sale. C'est pas enviable d'être une éponge.

— Tu donnes l'éponge et autre chose.

— Comme quoi ?

— Comme écrire leur nom sur un mur de Paris.

— Je pige pas.

— Chaque fois que quelqu'un t'achète une éponge, tu peins son nom sur un mur. Le même mur.

Pi fronça les sourcils.

— Et moi, je m'installe devant, avec la marchandise ?

— C'est cela. D'ici six mois, tu auras un grand mur couvert de noms, une sorte de gigantesque manifeste des acheteurs d'éponges, un rassemblement, presque un monument.

— Vous êtes marrant. Qu'est-ce que vous voulez que j'en foute, de ce mur ?

— Il n'est pas pour toi. Il est pour les gens.

— Mais ils s'en balancent, les gens.

— Ils ne s'en balancent pas. Tu auras peut-être la queue devant ton caddie.

— À quoi ça les avancera, vous voulez me dire ?

— Ça leur fera de la compagnie, et un peu d'existence. C'est déjà pas mal.

— Parce qu'ils l'ont pas, ça, les gens ?

— Pas tant que tu te figures.

Pi trempa son pain dans son café, mordit dedans, trempa à nouveau.

— J'arrive pas à me décider si c'est une idée à la con ou si c'est quelque chose de mieux que ça.

— Moi non plus.

Pi termina son café, croisa les bras.

— Et vous croyez que je pourrais mettre mon nom aussi ? demanda-t-il. En bas à droite par exemple, comme si je signais tout le bazar quand il sera fini ?

— Si ça te chante. Mais faudra payer l'éponge. C'est ça le truc.

— Évidemment. Vous me prenez pour un arnaqueur ?

Pi réfléchit encore sans bouger pendant qu'Adamsberg enfilait sa veste.

— Dites voir, dit Pi, il y a un os. C'est que j'en ai pas de mur, moi.

— Moi si. J'en ai arraché un cette nuit au ministère de l'Intérieur. Je t'emmène le voir.

— Et Martin ? demanda Pi en se levant.

— Qui est Martin ?

— Ben mon caddie.

— Oui, bien sûr. Ton caddie est toujours sous la garde attentive des flics. Il vit des moments exceptionnels qui ne se reproduiront pas deux fois dans sa vie. Ne le dérange pas.

Porte de la Chapelle, Adamsberg et Pi considéraient en silence le haut mur pignon d'un immeuble désert et gris.

— C'est à l'État, ça ? demanda enfin Pi.

— Ils n'ont pas voulu me donner le Trocadéro.

— Tu penses.

— Tant qu'on peut peindre dessus, dit Adamsberg.

— Oui. Un mur vaut un mur.

Pi s'approcha du bâtiment, tâta la surface de l'enduit du plat de la main.

— Je commence quand ?

— Tu auras la peinture et l'échelle demain. Ensuite, tu te démerdes.

— Je peux choisir des couleurs ?

— T'es maître à bord.

— Je prendrai des pots ronds. Ça me fera des diamètres.

Les deux hommes se serrèrent la main et Pi fit une grimace.

— Tu n'es pas obligé de le faire, rappela Adamsberg. C'est peut-être une idée à la con.

— Elle me plaît. Dans un mois, j'aurai déjà des noms jusqu'à mi-cuisses.

— Qu'est-ce qui te soucie ?

— 4.21. Elle sait que c'est moi, Toussaint Pi, qui ai trouvé le salopard qui lui a tiré dedans ?

— Elle le saura.

Adamsberg s'éloigna lentement, les mains dans les poches.

— Eh ! cria Pi. Et vous croyez qu'elle viendra ? Vous croyez qu'elle viendra m'acheter une éponge ? Mettre son nom ?

Adamsberg se retourna, leva les yeux vers le mur gris, écarta les bras en signe d'ignorance.

— Tu le sauras ! cria-t-il. Et quand tu le sauras, préviens-moi !

Il fit un signe du bras et reprit sa marche.

— C'est toi qui écris l'histoire, murmura-t-il, et moi, je viendrai la lire.

TABLE DES MATIÈRES

CET OUVRAGE
A ÉTÉ ACHEVÉ D'IMPRIMER
PAR L'IMPRIMERIE FLOCH
À MAYENNE EN OCTOBRE 2002

N° d'éd. 131. N° d'impr. 55324
D.L. novembre 2002
(Imprimé en France)